EGY HALOTT NAPLÓJA

# 天堂超市

# Marias Bela

[匈牙利] 马利亚什·贝拉 / 著

余泽民 / 译

南方出版传媒
花城出版社
中国·广州

图书在版编目（CIP）数据

天堂超市 /（匈）马利亚什·贝拉著；余泽民译
. — 广州：花城出版社，2018.9
（蓝色东欧 / 高兴主编. 第6辑）
ISBN 978-7-5360-8448-3

Ⅰ. ①天… Ⅱ. ①马… ②余… Ⅲ. ①长篇小说－匈牙利－现代 Ⅳ. ①I515.45

中国版本图书馆CIP数据核字(2018)第053023号

合同版权登记号：图字19-2016-228号
EGY HALOTT NAPLÓJA by Béla Máriás
Copyright © 2006 by drMáriás
Published by Noran – Kiadó Kft.

| | |
|---|---|
| 出 版 人： | 詹秀敏 |
| 丛书策划： | 朱燕玲　孙虹 |
| 出版统筹： | 李倩倩　夏显夫　欧阳佳子 |
| 责任编辑： | 许泽红　欧阳佳子 |
| 技术编辑： | 薛伟民　凌春梅 |
| 封面供图： | 子夏 |
| 装帧设计： | 棱角视觉 ANGULAR VISION |

| | | |
|---|---|---|
| 书　　名 | 天堂超市 TIAN TANG CHAO SHI | |
| 出版发行 | 花城出版社 （广州市环市东路水荫路11号） | |
| 经　　销 | 全国新华书店 | |
| 印　　刷 | 恒美印务（广州）有限公司 （广州南沙经济技术开发区环市大道南路334号） | |
| 开　　本 | 880毫米×1230毫米　32开 | |
| 印　　张 | 8　2插页 | |
| 字　　数 | 205,000字 | |
| 版　　次 | 2018年9月第1版　2018年9月第1次印刷 | |
| 定　　价 | 42.00元 | |

本书中文专有出版权归花城出版社独家所有，非经本社同意不得连载、摘编或复制。
如发现印装质量问题，请直接与印刷厂联系调换。
购书热线：020-37604658　37602954
欢迎登陆花城出版社网站：http://www.fcph.com.cn

# 天堂超市

# 目 录
## CONTENTS

记忆，阅读，另一种目光（总序）/ 高兴 / 1

那个世界会好吗？（中译本前言）/ 余泽民 / 1

第一节 / 1

第二节 / 4

第三节 / 7

第四节 / 10

第五节 / 17

第六节 / 26

第七节 / 34

第八节 / 44

第九节 / 53

第十节 / 58

第十一节 / 67

第十二节 / 76

第十三节 / 87

第十四节 / 100

第十五节 / 113

第十六节 / 123
第十七节 / 136
第十八节 / 147
第十九节 / 161
第二十节 / 171
第二十一节 / 189
第二十二节 / 215
第二十三节 / 218
第二十四节 / 225
第二十五节 / 227

# 记忆，阅读，另一种目光

（总序）

高兴

昆德拉说过："人的一生注定扎根于前十年中。"我想稍稍修改一下他的说法："人的一生注定扎根于童年和少年中。"童年和少年确定内心的基调，影响一生的基本走向。

不得不承认，二十世纪五六十年代出生的人都有着不同程度的俄罗斯情结和东欧情结。这与我们的成长有关，与我们的童年、少年和青春岁月有关。而那段岁月中，电影，尤其是露天电影又有着怎样重要的影响。那时，少有的几部外国电影便是最最好看的电影，它们大多来自东欧国家，几乎吸引了所有人的目光，是我们童年的节日。在某种意义上，甚至可以说，它们还是我们的艺术启蒙和人生启蒙，构成童年最温馨、最美好和最结实的部分。

还有电影中的台词和暗号。你怎能忘记那些台词和暗号。它们已成为我们青春的经典。最最难忘的是《瓦尔特保卫萨拉热窝》。"'空气在颤抖,仿佛天空在燃烧。''是啊,暴风雨来了。'""看,这座城市,它就是瓦尔特。"简直就是诗歌。是我们接触到的最初的诗歌。那么悲壮有力的诗歌。真正有震撼力的诗歌。诗歌,就这样和英雄主义和浪漫主义,紧紧地连接在了一道。

还有那些柔情的诗歌。裴多菲,爱明内斯库,密茨凯维奇。要知道,在二十世纪七八十年代,读到他们的诗句,绝对会有触电般的感觉。而所有这一切,似乎就浓缩成了几粒种子,在内心深处生根,发芽,成长为东欧情结之树。

然而,时过境迁,我们需要重新打量"东欧"以及"东欧文学"这一概念。严格来说,"东欧"是个政治概念,也是个历史概念。过去,它主要指波兰、捷克斯洛伐克、匈牙利、罗马尼亚、保加利亚、南斯拉夫、阿尔巴尼亚七个国家。因此,在当时,"东欧文学"也就是指上述七个国家的文学。这七个国家,加上原先的东德,都曾经是以苏联为首的华沙条约组织的成员。

一九八九年底,东欧发生剧变。此后,苏联解体,华沙条约组织解散,捷克和斯洛伐克分离,南斯拉夫各共和国相继独立,所有这些都在不断改变着"东欧"这一概念。而实际情况是,波兰、捷克、匈牙利、罗马尼亚等国家甚至都不再愿意被称为东欧国家,它们更愿意被称为中欧或中南欧国家。同样,不少上述国家的作家也竭力抵制和否定这一概念。在他们看来,东欧是个高度政治化、笼统化的概念,对文学定位和评判,不太有利。这是一种微妙的姿态。在这种姿态中,民族自尊心也发挥着不可估量的作用。

但在中国,"东欧"和"东欧文学"这一概念早已深入人心,有广泛的群众和读者基础,有一定的号召力和亲和力。因此,继续使用"东欧"和"东欧文学"这一概念,我觉得无可厚非,有利于研究、译介和推广这些特定国家的文学作品。事实上,欧美一些大学、研究中心也还在继续使用这一概念。只不过，今日，当我们提到这一概念，涉及的就不仅仅是七个国家，而应该包含更多的国家：立陶宛、摩尔多瓦等独联体国家，还有波黑、克罗地亚、斯洛文尼亚、塞尔维亚、黑山等从南斯拉夫联盟独立出来的国家。我们之所以还能把它们作为一个整体来谈论，是因为它们有着太多的共同点：都是欧洲弱小国家，历史上都曾不断遭受侵略、瓜分、吞并和异族统治，都曾把民族复兴当作最高目标，都是到了十九世纪末二十世纪初才相继获得独立，或得到统一，第二次世界大战后都走过一段相同或相似的社会主义道路，一九八九年后又相继推翻了共产党政权，走上了资本主义发展道路。之后，又几乎都把加入北约、进入欧盟当作国家政策的重中之重。这二十年来，发展得都不太顺当，作家和文学都陷入不同程度的困境。用饱经风雨、饱经磨难来形容这些国家，十分恰当。

换一个角度，侵略，瓜分，异族统治，动荡，迁徙，这一切同时也意味着方方面面的影响和交融。甚至可以说，影响和交融，是东欧文化和文学的两个关键词。看一看布拉格吧。生长在布拉格的捷克著名小说家伊凡·克里玛，在谈到自己的城市时，有一种掩饰不住的骄傲："这是一个神秘的和令人兴奋的城市，有着数十年甚至几个世纪生活在一起的三种文化优异的和富有刺激性的混合，从而创造了一种激发人们创造的空气，即捷克、德国和犹太文化。"①

克里玛又借用被他称作"说德语的布拉格人"乌兹迪尔的笔为我们描绘了一个形象的、感性的、有声有色的布拉格。这是一个具有超民族性的神秘的世界。在这里，你很容易成为一个世界主义者。这里有幽静的小巷、热闹的夜总会、露天舞台、剧院和形形色色的小餐馆、小店铺、小咖啡屋和小酒店。还有无数学生社团和文艺沙龙。自然也有五花八门的妓院和赌场。布拉格是敞开的，是包容的，是休闲的，是艺术的，是世俗的，有时还是颓废的。

---

① 见伊凡·克里玛《布拉格精神》第44页，崔卫平译，作家出版社1998年版。

布拉格也是一个有着无数伤口的城市。战争、暴力、流亡、占领、起义、颠覆、出卖和解放充满了这个城市的历史。饱经磨难和沧桑，却依然存在，且魅力不减，用克里玛的话说，那是因为它非常结实，有罕见的从灾难中重新恢复的能力，有不屈不挠同时又灵活善变的精神。如果要用一个词来形容布拉格的话，克里玛觉得就是：悖谬。悖谬是布拉格的精神。

或许悖谬恰恰是艺术的福音，是艺术的全部深刻所在。要不然从这里怎会走出如此众多的杰出人物：德沃夏克，雅那切克，斯美塔那，哈谢克，卡夫卡，布洛德，里尔克，塞弗尔特，等等。这一大串的名字就足以让我们对这座中欧古城表示敬意。

布拉格如此，萨拉热窝、华沙、布加勒斯特、克拉科夫、布达佩斯等众多东欧城市，均如此。走进这些城市，你都会看到一道道影响和交融的影子。

在影响和交融中，确立并发出自己的声音，十分重要。不少东欧作家为此做出了开拓性和创造性的贡献。我们不妨将哈谢克和贡布罗维奇当作两个案例，稍加分析。

说到捷克作家哈谢克，我们会想起他的代表作《好兵帅克》。以往，谈论这部作品，人们往往仅仅停留于政治性评价。这不够全面，也容易流于庸俗。《好兵帅克》几乎没有什么中心情节，有的只是一堆零碎的琐事，有的只是帅克闹出的一个又一个的乱子，有的只是幽默和讽刺。可以说，幽默和讽刺是哈谢克的基本语调。正是在幽默和讽刺中，战争变成了一个喜剧大舞台，帅克变成了一个喜剧大明星，一个典型的"反英雄"。看得出，哈谢克在写帅克的时候，并没有考虑什么文学的严肃性。很大程度上，他恰恰要打破文学的严肃性和神圣感。他就想让大家哈哈一笑。至于笑过之后的感悟，那就是读者自己的事情了。这种轻松的姿态反而让他彻底放开了。借用帅克这一人物，哈谢克把皇帝、奥匈帝国、密探、将军、走狗等等统统给骂了。他骂得很过瘾，很解气，很痛快。读者，尤其是捷克读者，读得也很过瘾，很解气，很痛快。幽默和讽刺于是又变成了一件有力的武器，特别适用于捷克这么一个弱小的民族。哈谢克最大的贡献也正在于此：为捷克民族和捷克文学找到了一种声音，确立了一种传统。

而波兰作家贡布罗维奇与哈谢克不同，恰恰是以反传统而引起世人瞩目的。他坚决主张让文学独立自主。在二十世纪三四十年代，贡布罗维奇的作品在波兰文坛显得格外怪异离谱，他的文字往往夸张扭曲，人物常常是漫画式的，他们随时都受到外界的侵扰和威胁，内心充满了不安和恐惧，像一群长不大的孩子。作家并不依靠完整的故事情节，而是主要通过人物荒诞怪僻的行为，表现社会的混乱、荒谬和丑恶，表现外部世界对人性的影响和摧残，表现人类的无奈和异化以及人际关系的异常和紧张。长篇小说《费尔迪杜凯》就充分体现出了他的艺术个性和创作特色。

捷克的赫拉巴尔、昆德拉、克里玛、霍朗，波兰的米沃什、赫贝特、希姆博尔斯卡，罗马尼亚的埃里亚德、索雷斯库、齐奥朗，匈牙利的凯尔泰斯、艾什特哈兹，塞尔维亚的帕维奇、波帕，阿尔巴尼亚的卡达莱……如此具有独特风格和魅力的当代东欧作家实在是不胜枚举。

某种程度上，东欧曾经高度政治化的现实，以及多灾多难的痛苦经历，恰好为文学和文学家提供了特别的土壤。没有捷克经历，昆德拉不可能成为现在的昆德拉，不可能写出《可笑的爱》《玩笑》《不朽》和《难以承受的存在之轻》这样独特的杰作。没有波兰经历，米沃什也不可能成为我们所熟悉的将道德感同诗意紧密融合的诗歌大师。但另一方面，需要注意的是，由于语言的局限以及话语权的控制，东欧文学也极易被涂上浓郁的意识形态色彩。应该承认，恰恰是意识形态色彩成全了不少作家的声名。昆德拉如此。卡达莱如此。马内阿如此。赫尔塔·米勒亦如此。我们在阅读和研究这些作家时，需要格外地警惕。过分地强调政治性，有可能会忽略他们的艺术性和丰富性。而过分地强调艺术性，又有可能会看不到他们的政治性和复杂性。如何客观地、准确地认识和评价他们，同样需要我们的敏感和平衡。

一个美国作家，一个英国作家，或一个法国作家，在写出一部作品时，就已自然而然地拥有了世界各地广大的读者，因而，不管自觉与否，他，或她，很容易获得一种语言和心理上的优越感和骄傲感。这种感觉东欧作家难以体会。有抱负的东欧作家往往会生出一种紧迫感和危机感。他们要用尽全力将弱势转化为优势。昆德拉就反复强调，身处小国，你"要么做一个可怜的、眼光狭窄的人"，要么成为一个广闻博识的"世界性的人"。别无选择，有时，恰恰是最好的选择。因此，东欧作家大多会自觉地"同其他诗人，其他世界，和其他传统相遇"（萨拉蒙语）。昆德拉、米沃什、齐奥朗、贡布罗维奇、赫贝特、卡达莱、萨拉蒙等等东欧作家都最终成为"世界性的人"。

关注东欧文学，我们会发现，不少作家，基本上，都在出走后，都在定居那些发达国家后，才获得一定的国际声誉。贡布罗维奇、昆德拉、齐奥朗、埃里亚德、扎加耶夫斯基、米沃什、马内阿、史克沃莱茨基等等都属于这样的情形。各种各样的原因，让他们选择了出走。生活和写作环境、意识形态原因、文学抱负、机缘等，都有。再说，东欧国家都是小国，读者有限，天地有限。

在走和留之间，这基本上是所有东欧作家都会面临的问题。因此，我们谈论东欧文学，实际上，也就是在谈论两部分东欧文学：海外东欧文学和本土东欧文学。它们缺一不可，已成为一种事实。

在我国，东欧文学译介一直处于某种"非正常状态"。正是由于这种"非正常状态"，在很长一段岁月里，东欧文学被染上了太多的艺术之外的色彩。直至今日，东欧文学还依然更多地让人想到那些红色经典。阿尔巴尼亚的反法西斯电影，捷克作家伏契克的《绞刑架下的报告》，保加利亚的革命文学，都是典型的例子。红色经典当然是东欧文学的组成部分，这毫无疑义。我个人阅读某些红色经典作品时，曾深受感动。但需要指出的是，红色经典并不是东欧文学的全部。若认为红色经典就能代表东欧文学，那实在是种误解和误导，是对东欧文学的狭隘理解和片面认识。因此，用艺术目光重新打量、重新梳理东欧文学已成为一种必须。为了更加客观、全面地翻译和介绍东欧文学，突出东欧文学的艺术性，有必要颠覆一下这一概念。蓝色是流经东欧不少国家的多瑙河的颜色，也是大海和天空的颜色，有广阔和博大的意味。"蓝色东欧"正是旨在让读者看到另一种色彩的东欧文学，看到更加广阔和博大的东欧文学。

二〇一三年十月三十一日定稿于北京

**主编简介**：高兴，诗人、翻译家，一九六三年出生于江苏省吴江市。中国作家协会会员。现为中国社会科学院外国文学研究所研究员，《世界文学》主编。曾以作家、翻译家、外交官和访问学者身份游历过欧美数十个国家。出版过《米兰·昆德拉传》《东欧文学大花园》《布拉格，那蓝雨中的石子路》等专著和随笔集；主编过《二十世纪外国短篇小说编年·美国卷》（上、下册）、《伊凡·克里玛作品系列》（5卷）、《水怎样开始演奏》、《诗歌中的诗歌》、《小说中的小说》（2卷）等大型图书。主要译著有《梵高》《黛西·米勒》《雅克和他的主人》《可笑的爱》《安娜·布兰迪亚娜诗选》《我的初恋》《索雷斯库诗选》《梦幻宫殿》《托马斯·温茨洛瓦诗选》等。

# 那个世界会好吗?

(中译本前言)

余泽民

另一个世界,对活人来说总是一个充满诱惑力的玄秘话题。无论是文学、艺术,还是百姓生活,几千年来都刺激着人们无边的想象。望流云,观沧海,无论是雨后的天际彩虹,还是沙漠上的海市蜃楼,都为人类的幻想之树添枝加叶;之所以神秘,因为超出了人类的经验范畴;之所以向往,因为肉身难以抵达,只有通过丰富的想象力从四面八方接近。荷兰的老彼得·勃鲁盖尔通过他笔下再现的颇有"人定胜天"气势的通天塔,奥地利的马勒通过加在交响曲中的女高音独唱讲一个孩子看到的《天国的生活》,意大利的丁托列托干脆直接把他想象中的《天堂》画到墙上,诗人但丁在《神曲》里先入地后上天,最终看到天使们张开翅膀,"那幸福的天庭从四面八方应和那神圣的歌唱，这就使每张脸上都焕发出更加明朗的容光"，作家艾斯特哈兹让六百多年里的家族男女相聚在《和谐的天堂》里，《西游记》里唐僧师徒历尽磨难，只为到"悬崖下瑶草琪花，曲径旁紫芝香蕙""彩凤双双，青鸾对对"的极乐世界。当然，还有一批人的想象力不喜务虚，更喜欢务实。于是西方人炼金，东方人炼丹，可谓八仙过海，最终的目的都是一个——进入长生不死地的仙境。南海也好，琼台也罢，总之得离开凡间去另一个世界。

"一沙一世界，一花一天堂。"徐志摩在翻译英国诗人威廉·布莱克的一首小诗时，极妙地提炼出东方的禅意。既然一花一天堂，一人更是一天堂。光说文学界，写天堂、彼岸、来世或另一个世界的作品有很多很多，每个人都会有独到的想象力，以至于匈牙利哲学家、美学家哈姆沃什·贝拉在二十世纪三十年代就写过一篇有趣的作品《另一个世界游览指南》。他在博览了许多这类题材的作品之后，虽然过瘾，但还是吹毛求疵地抒发了一点遗憾，他说涉及这个题材的作品绝大多数带着过强的宗教性，因此"很少从现实的角度去考虑问题，而活在现代社会的人恰恰对现实最感兴趣"。

仿佛作为跨时空的应答，七十年后，同为匈牙利作家的马利亚什·贝拉写了这部绝对另类、非常奇葩的"天堂小说"，故事恰恰基于现实的角度，颠覆了人们对另一个世界的习惯性想象，触动了当代读者敏感的神经。《天堂超市》于二〇〇六年在匈牙利出版，立即成了畅销书。

先要澄清一下，这本小说的匈牙利语原名直译过来应该是《一个死人的日记》，中译本之所以改为《天堂超市》，一是编辑想在封面上避免"死"字，怕有的读者因忌讳而拒绝翻开；二来小说讲的本来也是天堂超市的故事，拿这个当书名一目了然，也有喜剧感；另外，忌讳"死"字的人大概不忌讳"天堂"，尽管从逻辑上讲是一回事。匈牙利文原版的作者名也不叫马利亚什·贝拉，而是马利亚什医生，既是笔名，也是艺名，因为作者不仅是小说家，还是一位画家和音乐家。甚至，他最早成名是因为先锋音乐，他是中东欧有名的"学者们乐队"的主唱和萨克斯风手，还吹小号和长号。

马利亚什·贝拉是我的匈牙利朋友中最名副其实的"全才"和"怪才"，一九六六年出生在塞尔维亚境内的诺维萨德，血统上讲是匈族人，因为在历史上那里归属于匈牙利王国，一战后被割让给了南斯拉夫。青年时代，马利亚什在贝尔格莱德学习艺术，绘画和音乐都是在那里开始的。一九九一年南斯拉夫爆发内战，为了逃脱兵役，躲避战火，他作为难民逃到匈牙利。他说，他之所以给自己起了一个"马利亚什医生"的艺名，就是因为他见证并亲历了中东欧人太多的苦难和挣扎，所以他希望能用自己的艺术为他们疗伤。

"我不是在咖啡馆里写作那类的作家，我从一登场就已经鼻青脸肿，"去年在广州，他接受记者采访时率直地说，"我关注生活，关注生活中那些早就没有了梦的底层人。也许，有的读者会觉得我写的故事变态、残忍，但你不知道，真正的生活要比我写的更变态、残忍。"他指的是小说《垃圾日》，我至今都还清楚地记得，当我在布达佩斯一家书店里草草翻阅时感到的血液凝固、呼吸停滞、汗毛竖起和脊背蹿凉。特别是，当我读到艾米大婶用一段器官烧汤时，真像在胡同拐角处遭歹徒偷袭，肾上腺皮质激素骤然释放，读恰克·帕拉尼克的《肠子》也没有这般虐心，至少没有这样迅速、干脆、不动声色。

来中国为《垃圾日》做宣传，马利亚什特意制作了一段黑白视频，他说片中的女主角就是小说中的疯女人卡塔的原型，而且，是他妻子的妹妹。当年在贝尔格莱德意气风发时，马利亚什和乐队中的一位好友一起娶了一对姐妹，之后很快战争爆发，马利亚什夫妻幸运地逃走，而另一对留在战火里的年轻人被残酷的生活毁掉了，结局令人发指。由于特殊的经历，马利亚什永远不忘自己的东欧人身份，讲述东欧人的故事，捕捉东欧人痛苦、压抑、扭曲和狂野的灵魂，成为他的职责。

"学者们乐队"最早组建于一九八八年,马利亚什是乐队的灵魂人物,他们关注社会现状,抨击时政,嬉笑人生。逃到匈牙利后,他重组乐队,三十年来始终保持先锋的姿态,从巴尔干演到美利坚,参加过无数次艺术节,发行了《对不起,我能不能杀你?》《一位女政治家的隐秘生活》《我爱科学》《另存为》《美丽大平原》《军官艺术家》《核啊,核啊,我的战争》等十几张流传颇广的原创唱片。两年前,他在一本题为《没有米洛舍维奇我就不能活》的新书里讲述了乐队的悲欢故事,讲述了音乐如何能支撑着人们在残酷的命运里活下去。

马利亚什的画龄跟乐龄差不多,从一开始就很有个人风格,有点达达主义,有点波普艺术,有点超现实,偶尔还揉进一点中国的剪纸元素。他不是技术派,靠的是想法、形式和尖锐。前年他在布达佩斯著名的路德维希美术馆举办了一个题为"无政府·乌托邦·大革命"的个人展,影响很大,又耍了一回黑色幽默,将各国政要、名人色彩艳丽、令人发笑地涂到油画布上,每幅全都巧用心思,套用一张世界名画。去年在北京的匈牙利文化中心举办了展览"蕾丝的宇宙",透过镂空的剪纸看世界。马利亚什喜欢别出心裁,单从他历次画展的题目就可窥到一斑:"什么是匈牙利人""我可怕的最爱""东欧披头士""回答我!""场""税务局公务员的冒险生涯""画坏了的素描肖像""脸上的脸""盲人日记""未来景象"……上个月新画展的主题是"祝你和平"。不过,无论他使用的色彩是多么绚烂,甚至艳俗,都不掩藏人类与生活的灰暗面;无论画面多么怪诞,都不否认戏谑背后态度的真;无论他表达的情绪多么悲怆,都带着近乎变态的生存热情。

他有一场音乐会名为"来自爱的世界的美丽图画",有一次画展的题目是"一个汽车修理工杀手的自画像",从粉红色到黑色,从这两个相差甚远的标题就能让人感受到他广博、极端、荒诞、现实杂交了超现实的达达风格,就像这本《天堂超市》和二〇一六年出了中文版的《垃圾日》，等你读完两本书的结尾就会发现，一个从黑到粉，一个从粉到黑。

《天堂超市》，顾名思义，写的是天堂。然而，马利亚什用他不见血的柳叶刀凌迟碎剐了人们对另一个世界所抱的甜美、幼稚的幻想，其中包括用天堂、炼狱和地狱三层构建起来的传统认知。小说的主人公"我"很快发现，在天堂等待他的是跟人间一样的环境和命运，要拼命地工作，像机器人一样，疯狂的生产既没有逻辑，也没有意义，生产的并不是人们所需的，对超市来说最重要的是通过狡诈、欺骗、忽悠，甚至暴力推销掉操纵者想卖掉的东西，给人们洗脑，给他们描绘虚假的未来，让他们购物成瘾，抢到疯狂。"我"的秃头上司说得很明白："一个人不管留在这里，还是去到别的地方，情况都是一样，不会有任何本质的区别。如同安息一样的死亡是不存在的，每个人死后都必须工作，或卖或买，直到永远，不同的世界只是舞台背景不同而已。"

销售的目的就是销售，销售者与购买者逐渐形成了虐待与被虐的变态关系。推销没用的商品，目的是升官晋级，无情和无耻也是人类本性的之一之二，甚至从生存的角度讲可以是积极的，想来人在天堂无处可逃，即使想再死一次都无可能。

人只能死一次，死了就死了，并不存在"更好一点的死亡"。作家通过一个荒诞的故事让我们面对了一个现实的认知，对我们来说既是消极的，也是积极的；消极在于打破了我们对天堂的幻想，积极在于，让我们珍惜死亡前的今天，把每天都看作余生的开始。

跟《垃圾日》相比，《天堂超市》是本更好读的书，没那么恐怖，没那么暴力，也没有那么令人压抑和绝望，尽管这些全都有一点，但总体来说是出喜剧，我常会在翻译时扑哧笑出来，能够想象到作者打下某行字的狡黠表情。不过，马利亚什在他的黑色幽默中抛给了读者许多的问题，有的甚至还挺哲学：另一个世界到底好不好？入口肯定有，但有没有出口？一个人上了天堂，万一后悔，有没有可能逃离呢（就像飞越疯人院，逃出战俘营）？在宇宙最大超市的管理层里，上帝和撒旦怎么分工？还有那个神秘的女性，那个总是靠滥用职权对下属进行性骚扰来打发时光的母神到底是谁？一个人死后，去一个不再有死亡的地方当一个永远的"活死人"（听起来跟成仙差不多），真的就幸福吗？马利亚什带着我们到那个总被我们用诗讴歌、用画描绘、用梦幻想的"理想国"里走了一圈，虽然陌生，又似曾相识，希望永远伴随着绝望；当然有的时候，反之亦然。

是上帝照着他自己的样子造了人类？还是人类照着自己的样子造了上帝？如果是前者，那么我们的超市是跟上帝学的；如果是后者，那么天堂的超市是我们建的。不管哪种，都让我们正视了这个事实：天堂其实就是我们，我们自己什么样，天堂也就什么样。

据说，在一九一八年十一月七日，梁济在自杀的三天前若有所思地问在北大讲哲学的儿子梁漱溟："这个世界会好吗？"儿子回答："我相信世界是一天一天往好里去的。"

在这本书里，马利亚什也提出了一个类似的问题：那个世界会好吗？

如果我们好，世界就好；无所谓这个，还是那个。

2017 年 10 月 1 日于布达佩斯

# 第一节

　　就在今天的黎明，我死了。这个生命的最后时刻降临得如此突如其来，就连我也感到十分意外，说老实话，我从来没有为死亡做好心理准备，尽管这也是事实，我并不惧怕死亡，因为人们总是把彼岸的世界描绘得那般美好，以至于有许多次我都萌发出暗自的渴望：我要是能去那里该有多好，那样一来，我就不必再在地球上没完没了地重复做那些乏味的事情。

　　人们总说，到了天堂之后便会万事大吉。宽恕、爱情、娱乐、奢华，另外，我们终于可以在那里跟那些先我们而去、让我们思念的亲友们重逢在一起。当然，与此同时，我们也不会再见到那些我们不喜欢见到的人，想来天堂是一个那样的地方，在那里我们只会遇到开心的事和喜爱的人，要知道，我们之所以忍受了凡世间的种种磨难，就是为了死后能够在那里享受永恒的快乐。

　　我死的时候才惊讶地发现，我并不是在自己家中，并不是躺在昨天晚上我睡的那张吱呀作响的小床上。我隐约能够想起来，昨天晚上，就在睡觉之前，我还去小屋里看过一眼熟睡了的孩子，然后躺在了刚为一件小事跟我怄气的妻子身边。周末做爱的频率本来很高，但是昨天没有。为了排解被抑制了的欲望，我极力去想别的，想跟身体完全无关的事情，比如单位里的人际关系和总也干不完的工作。后来，听见妻子熟悉的磨牙声，感到生厌和好笑，生理的紧张随之化解，所有身体的部位都松软下来，忽地一下睡了过去。现在，再醒来的时候，我突然意识到自己躺在一个我从来未曾到过的地方，躺在一个非常简朴、格外素净的小房间内的一张白色的床上，房间里还摆着白色的桌子、椅子和衣柜，一扇白色小门开向一个装修简洁的小浴室。

我跳下床，站了起来，神色茫然地环顾四周，光线很亮，但像雾一般均匀地弥漫，无灯无窗，没有光源，也没有影子。这时候，我听到有人的说话声从门外传进来，我推开屋门，走了出去。我来到一条狭长、冷清、像是在一座工厂内的高大走廊里，已经有好几个人站在那里闲谈。很快，我从他们的嘴里得知，他们遇到的情况跟我的相似，也都是第一次在一个陌生的房间里醒过来，一下子找不到可以续接的记忆。他们正在激烈地争论，各抒己见，猜测在各自的身上可能发生了什么，推测过一会儿将会发生什么。不过有一点可以肯定：大家都死了。

我饶有兴味地看着这些刚死的家伙们脸红脖子粗地相互争执,心里感到十分怪异,他们本该为自己终于卸下了尘世间的各种责任而感到如释重负,可现在却为了未来而忧心忡忡。当然,在他们中间也有人睡眼惺忪、目光漠然地盯着空间里某个不存在的点愣愣地发呆,也有人表现得镇定怡然,感觉良好,仿佛无论发生什么,都不会出乎他们的意料。比如,有一位年轻貌美、身材苗条的金发女郎正咯咯脆笑着跟两位健壮、谢顶、戴着金表和金项链的中年男人逗笑调情,两个男人则相互明争暗斗地围着女郎大献殷勤。

没过多久,一位六十来岁的胖男人穿着白色工作服朝这边走过来,招呼我们回到各自的房间,要我们换上专为我们每个人量身定制的白色工作服,换好之后跟着他走。

我们换好了相当合身的白色制服,默不作声地跟在他身后。

# 第二节

我们跨进了一个高大敞亮的白色大厅,在那里排列摆放着许多张长桌。胖男人向我们打了一个手势,示意我们加入到正在打饭的队伍中。我们端着餐盘按顺序排好,将各自选好的水煮鸡蛋或菜饼、大杯的咖啡或热茶放到盘子里,并在旁边摆上几片面包,随后我们坐到餐桌旁,开始闷头不响地用早餐。胖男人则用自信的语调开口致辞。

"我诚挚地欢迎大家来到这里,来到这个另一个世界,这里是你们新的家园,新的工作单位!可以这么说,你们确实非常幸运,被分配到了条件最好的地方,这里是天堂连锁百货商店里最棒的一家——银河超市!

"我们之所以开了这家银河超市,就是为了满足在这里生活的所有居民的所有需求!我们通过向他们提供更物美价廉的优质商品,让他们能够通过购物享受到心灵的自由,过上更好的生活,让大家的身体更加健康,这样才能更好地完成本职工作!要知道,谁工作得越出色，谁就能挣到更多的钱，就能够购买更多更优质的商品，那样一来，我们公司就会有更多的生意和更多的流水，就能够保证商厦不断地发展，创造出更多的收入和价值！

"现在，我们将把你们分派到我们这座大型超市的不同重要岗位，你们将在各自的岗位上完成不同的任务。卸货装货，打扫卫生，贴标签，将各种商品摆到相应的货架上，等等。工作并不繁重，甚至可以说很轻松，你们整天都会跟最优等的商品打交道，肯定会保持愉悦的心情。

"我们公司出于对你们所承担的义务的考虑，今后会组织你们参加专业培训，那样一来，你们就可以凭借自己所学到的新知识服务于客户，不断升职晋级，发挥各自的能力和热情，谋取到自己喜欢并适合的新的工作岗位。说不定有朝一日，你们中的某一位同事可以当上这家大型超市的总经理！在我们这里，什么都有可能发生，一切全都取决于你们自己！但是假如你们中有谁不好好地工作，就会丢掉自己的好岗位，会被调到更累更苦的地方去工作！

"你们的工作时间是，从早晨七点钟开始到晚上九点钟结束。这个时间也是可以变的，既有可能缩短，也有可能延长，一切也都取决于你们自己，看你们能够取得什么样的业绩！现在我来分配工作岗位，等一会儿，你们必须根据我宣布的岗位前去报到。"

大家一声不响地听着领班训话。胖男人往我手里塞了一张纸条，上面写着：

蔬菜部

怎么，这就是我的工作岗位？说不定上帝也在那里工作，今天我终于能够与他见面？

## 第三节

我们匆匆忙忙地吃完早餐,立即放下手中的餐盘,奔赴各自新的工作岗位。我们走出食堂,重又回到那条狭长、寂静的走廊里,走廊的一头是我们的宿舍,而现在我们脚步匆促地朝另一头走去,那里有一座巨大的仓库,在那里,人们正用各种各样的运输工具往来穿梭地运送着大批的货物。我们之所以脚步匆忙,还因为营业厅巨大的铁门伴着咔啦啦的声响在我们面前打开,我们心怀好奇,气喘吁吁地跨进了营业厅。

超市的规模大得惊人,可以说一眼望不到头!这座超市要比世界上规模最大的机场还要大出许多倍,在一望无际的无数排货架上摆满了琳琅满目的商品,品种五花八门,应有尽有。

一位坐在运货车上的年长男人朝我们招手,我们走到跟前,爬上车,坐在他的身后。随后,运货车在陌生的空间里,在伸向无限远的货架之间向前行驶。

下车之后,我们置身于叠落成山、大小不一、包装不同的货箱之中，成千上万种贴着商品名称和产地标签的土豆、苹果、胡萝卜、圆白菜、葱、蒜、黄瓜、生菜、青椒、番茄、香蕉，各种蔬菜水果应有尽有，它们以某种特殊的逻辑秩序井然地摆放在那里。

我站到一个货架前，茫然无措地东张西望，这时候，一位微笑满面、四十岁上下、体态丰腴的女人走到我跟前，并向我伸出手来跟我打招呼。

"你好！我是你的老板。你喜不喜欢我们的超市？"

"哦，比一百块墓地加在一起还要可怕！我在这里能干什么？"

"你能干的事情非常多！你在这里工作不仅要勤奋、认真，还要有热情奉献的精神，要开动脑筋，经常提出更新更好的建议。"

"跟我来，我带你看看你将在什么地方工作！"

她挽住我的胳膊，我们并排走在货架之间，我非常紧张，也相当兴奋。我们走过了大约二十几排货架，来到一个较为开阔的空间，正中央有一条长长的柜台，上面摆着一排设计美观的电子磅秤。

"你今天的工作，就是在这里为顾客服务。帮助他们挑选商品，告诉他们想要买的商品摆放在哪儿，向他们说明哪种商品短缺或刚刚卖完，哪种商品正在优惠促销。你最主要的工作，则是为顾客称量他们挑选好的水果或蔬菜。他们把商品拿到这里，放到秤上，你只需按一下按钮，电子秤就会显示出所有相关的信息，这时候顾客决定买还是不买，然后轮到下一位。

"你要做的就是这些！看似轻松容易，但需要热忱和耐心，你一定要记住，无论如何都不能对顾客耍脾气，也不要随便离开柜台，无论哪位顾客对你提出不满的意见，我们都会依照奖惩规定对你进行惩罚，增加你的工作时间或工作强度，例如，夜间打扫卫生，将货物装上卡车，等等，那肯定不是什么好事，对吧？"

她冲我露出威胁性的阴笑，并用她棕色的眸子、长长的睫毛和涂得鲜红的厚嘴唇朝我投来怪异而疯狂的一瞥。在她的脖子上挂了一串长长的金项链，坠在她那被巨大乳房绷紧的红毛衣上，在她粗壮的象腿上套着黑色的长筒丝袜，脚蹬一双高筒的黑皮靴，透出一副凌人的将军气质。

"好的。我还需要知道些什么？"我问。

"如果你需要我的帮助，尽管跟我说，我随叫随到！"她用调情的眼神冲我轻浮地笑了笑，随后闪身消失在货架之间。

## 第四节

我走到电子磅秤前,试着按机器上面的按钮。它们运转正常,准确无误!它们能够自动识别我放在秤盘上的各种商品,不仅能够称出重量,还能准确地标明产地、单位价格和总体价格。其实,顾客们自己完全可以做这件事,之所以需要我站在那儿,只是为了有人跟它们做个伴。

上午的工作进行得很顺利,在这个时间段里不仅客流量很少,而且顾客们的态度也比较平和、耐心;但是到了下午,超市就变成了喧嚣的地狱。几百名顾客蜂拥而入,像是从大桶里被倒出来的,他们中大多数是老年人,接二连三地将各种水果、蔬菜拿过来放到秤盘上。我则负责按动按钮,只需按动按钮,就可以完成这项分派给我的纯属多余、毫无意义的工作。我在几台电子磅秤前跑来跑去,忙不迭地重复着那个简单的动作,心里不耐烦地盼望着,到底什么时候才能够下班?什么时候他们能够接我回去,回到那像监牢似的宿舍里休息。但是，这一天显得漫无尽头。

老人们一个接一个地走过来，打着夸张的手势，冲我大嚷大叫，厉声威胁，我只是沉默不语，不停地按动按钮，按钮已经在我的手指下变热发烫。胡萝卜，青椒，苹果，梨，圆白菜，葱蒜，香蕉，土豆，核桃，菠萝，胡萝卜，苹果，橘子，无花果，橙子，蘑菇，土豆，苹果，土豆，土豆，小葱，洋葱，蘑菇，土豆。一个接一个，感觉进入永恒，没完没了；还是没有人来接我，我被抛弃在这个该诅咒的地方，我在死亡之后陷入到一个愚蠢之极的境地，像傻瓜一样毫无意义地按动二十台电子磅秤的二十个按钮，只为了给这些多得不可胜数的死人当小丑。

我已经累得精疲力竭，但是我没有办法。只能像一位盲人钢琴家似的面无表情、机械性地按动按钮，我已经不再担心会受到惩罚，心里感到天塌下来都无所谓，他们爱拿我怎么样就怎么样吧，他们尽管可以把我调到更糟糕的岗位工作，反正不可能有比这个更糟糕的岗位了。

出于极度的疲惫和麻木，慢慢地，任何一种可能的出路都变成了绝望；这时候，我终于能够喘上一口气，看到窗外天色已晚。

我坐到一只木箱上，不解地怔怔盯着前方。这时候，有人将一只手搭在了我的肩膀上。

"这是我的老板。我抬眼看她，她微笑着用手摸了摸我的脸蛋。

"你很勤奋，也很认真！这样下去你会有出息的，以后你就知道了！你肯定会喜欢上你的新工作和你的新生活！"她用铿锵的语调对我说。

"与其让我在这里永远地工作，总是拼命地试图符合要求，那还不如让我去死！你们以为我完全傻掉了吗？我究竟在人世间犯下了多大的罪孽，死后会落到这样的境地？！到底是哪个邪恶的畜生把我送到这里来的？我一辈子都在努力地工作，现在却被弄到这里遭受惩罚？一个人在工作了整整一辈子之后，死后还要玩命儿地工作？之后又会怎么样呢？再死一次吗？或许死亡之后还有一次死亡？如果我表现得十分出色，你们能够把我送回到地球上继续工作吗？"

"我看出你心里非常绝望，然而你并没有任何绝望的理由。你完全没有必要这样生气，想来你可以通过你的业绩改善自己的处境。"

她微笑着挽住我的胳膊，一边用激动的语调向我解释着什么，一边带着我朝货架间过道的深处走去。我们走出了一段距离之后，她逐渐将身体向我贴近，之后突然停下脚步，一言不发，紧紧地搂住了我，亲吻我。

我觉得自己是个天大的白痴！我像奴隶一样精疲力尽地劳动了一天，最后居然在一座巨大超市的角落里跟一个死了的女人接吻！这到底是怎么一回事？莫非我并没有死，只是有谁跟我开了一个玩笑？随后我也变得亢奋，我的唇和她的唇紧紧贴到了一起，我们的舌头越来越快地相互缠绞，像两条嘶嘶的蛇信子，随之而来的感受也越来越销魂。女人用癫狂的目光盯着我的眼眸深处，仿佛想把我的灵魂抽吸出来，舔它，吃它，把它像蔬菜一样扔到自己的汤锅里熬煮，想为自己的汤添加一点新鲜的味道。

我小心翼翼地把她推靠到一只货架上，帮助她脱掉紧绷在身上的红毛衣，看到一副超大尺码的乳罩，我把它解开，扔掉，急不可耐地伸手去摸那对白花花亮闪闪、一直被禁锢其中的巨大灯泡。我捧住其中的一只温柔地爱抚，感觉像一个柔软的大西瓜，随后我又去捏另外那只，感觉像一个大南瓜。她冲着我灿烂地微笑，过了一会儿，她用自己的手将它们托起，用力挤捏，仿佛要挤出能喂我的奶水。

我紧张地用眼角扫了一下四周，幸好没看到一个死人影。我用手掌抓住它们，拖拽着它们走出货架间的过道，很快来到了磅秤前。我让她站在那里，俯下上身，将一只乳房放到了金属秤盘上，就像我白天称水果那样；她自己则微笑着将另一只乳房放到了那一只的旁边。

我好奇地按动按钮，想看看现在会发生什么，但是什么都没有发生。机器识别不出这种水果，不知道正在称的东西是什么。我转身跑回到货架间，拿回来几串葡萄、香瓜、野草莓、红果和梨子。我把一对对红果挂在她的耳根上，别在她的头发里，把梨子和香瓜搁到她的乳房旁，把野草莓塞到她的嘴里和乳沟处，把葡萄串放到她的肩膀上，剩下的水果则作为装饰物摆到秤盘上的乳房周围。我后退了半步，试图重启机器。

磅秤上的显示屏突然胡乱闪动。一会儿显示是香瓜，一会儿显示是梨子，毫无逻辑地先后显示出各种水果，很快完全乱了套，红灯闪烁，无序的数字和字母忽隐忽现。

我得意地站在女人身后，开始动手揉搓挤捏，与此同时，我的手不时地碰到了秤盘，这时候，磅秤的程序彻底地混乱了，不仅指示灯乱闪，而且还发出刺耳的噪音。

我丢下这尊活雕塑，又拿了几枚核桃仁和一瓶蜂蜜回来。我将核桃仁精心装点到她摊放在秤盘里的乳房上，然后倒上蜂蜜，做了一个手势，要她尝尝好不好吃。

她一点都不觉得尴尬。站在那里，托着乳房，脸上挂着轻浮的微笑，试图低下头叼核桃仁。终于叼到了一枚，她是多么的高兴啊！她把舌头伸得很长，成功地够到了第一枚，吃到嘴里，咽进肚中，然后再叼第二枚、第三枚……与此同时我继续别出心裁，努力让机器彻底发疯。我脱下鞋子，把它放到另一台磅秤上，并不时地用胳膊肘击打秤盘。然后，我一屁股坐到第三台磅秤上，直到它终于无法忍受这粗暴的攻击。

我后退几步，洋洋自得地欣赏这个丰盛的果园，欣赏这个半疯的女人，我的女老板，这位荣耀的水果女王；在这里，在天堂的中央，她将奴隶的命运赐给了我，然而此时此刻，她像一位丰腴多产的母神，微笑着听任我的摆布。

但我还是觉得缺少了什么。我又转身跑开，拿来一只大红苹果，我把苹果塞到她的嘴里，她则不解地望着我，呵呵，这个女人！看上去是这座商厦中心的夏娃！

她用渴望的眼神望着我，期待我能够为她加冕，她很想在这古怪得不真实的情景里动弹一下，但是她又不敢，因为她只要稍微一动，我为她披上的美丽婚纱就会掉下来，那么我们的游戏就会结束。因此，她只能不停地眨眼，茫然地等待，趁着磅秤还在愤怒地闪烁并发出抗议的蜂鸣，我带她到伊甸园的深处漫步。

突然，夜里换班的铃声响了起来，那是一支简短的乐曲。女人听到后吃了一惊，直起身来，我们美丽而平静的生活被无情地打破，如碎片飘落。

"马上把这里收拾好，他们马上就会来到这里，带我们回住处！"她说，随后迅速躲到货架之间，手忙脚乱地穿上了衣服。

我也整了整我的衣服，把水果放回到货架上，我为我们的游戏未能玩完而感到忧伤，等着运输车驶来。车终于到了，我爬了上去，坐到其他的死人中间。汽车朝着宿舍方向行驶，我们沉默不语，就像真正忧伤的死人。

在饭厅里，等着我们的是古怪的味道。我领到了自己的那份晚餐，坐到一张空荡的餐桌后，眼睛怔怔地盯着前方，吃着盘中味道令人作呕的蔬菜，同时心里暗想，在我眼前晃动的这几根胡萝卜，在被放入汤里之前，会不会有谁曾使用过？用它做过什么？

最好还是不知道为好。我站起身来，交了餐盘，回到自己的房间里，躺到床上，很快睡着了。

## 第五节

第二天早晨,我在一阵声音刺耳、令人紧张、假装欢乐的乐曲声中苏醒过来。我爬起床,洗漱完毕,随后穿上天堂的制服,走出了房间,来到走廊。其他的人,大多数早已等在了那里,随后我们朝着饭厅走去,在那里我们领到各自的那份面包和带着酸味的热咖啡,这时候,胖男人站到我的跟前。

"你有没有看到那个家伙?"他朝一个戴金表的男人指了一下。

"他怎么了?"

"他折断了一条胳膊,再也不可能伸直了。"

"怎么回事?"

"他偷了东西。"

"偷了什么?"

"一箱啤酒和一本色情杂志!"

"那又怎么样?"

"昨天晚上,他本来等的是一位金发女郎,但结果等到的是我！整整一夜，我一会儿揍他，一会儿骂他，我也不知道哪样更能够折磨他！"

"就因为他偷了这点东西？超市里有那么多的货物，职工们付出了那么多的劳动，怎么也可以得到点什么，不是吗？"

"把你这些工会风格的蠢话给我收回去！只要他偷了东西，就没有任何的解释！他得到的惩罚是，每天夜里给瞎子们朗诵民间童话，白天还要照常工作，从现在开始他打扫厕所。"

"你是不是因为他的女人而感到嫉妒？"我冷冷地讥讽。

"少跟我废话，你这个卖菜的臭小子！我看到了你昨天干的好事，本来我完全可以给你一个小小的惩罚。你是不是也想在夜里加一点班，嗯？洗一洗大货车，擦一擦脏盘子，或是打扫厕所之类的，省得你觉得躺在床上无聊。你是不是想让我惩罚你？"

"当然不是……"我说，随后退到了一边，朝班车走去。

车子已经等在那里，我们爬了上去，启动出发。但是现在它把我们放到了别的地方。

"我不是去蔬菜部吗？"我不解地问。

胖工头狡黠地咧嘴冷笑。我在他指定的地方下了车。

我环顾了一圈,看到在货架之间有一大堆的橡胶皮靴、便鞋、雪地靴、运动鞋和凉鞋等,各种鞋子混到了一起。

这时候,正好有一辆大卡车开过来,将一车斗鞋子卸在了其中的一个鞋堆上,然后掉头开走了。

"你是新来的吧?"一个身穿工作服、脚蹬胶皮靴的老人问我。老人长了一个圆脑袋,秃顶,戴着一副镜片很厚的眼镜。

"很遗憾,我是新来的!"

"你的任务非常简单!你要把这些鞋子一双一双地配好对,然后按照尺码、式样和颜色摆到货架上。你必须快速工作,在下一辆卡车到达之前,要腾出足够的地方卸货。从这里,你就从这个货架开始!把这些鞋按序号摆到货架上,先是男鞋,再是女鞋,最后才是童鞋。如果你有什么问题,尽管问我;不过,我不认为你在这里会有什么可问的问题。"

"如果我不想干,那会怎么样?"我抵触地问。

"噢,我警告你,这个念头你动都别动!如果你想反抗,他们会把你整死的。我就曾经抗议过一次,结果你都无法想象。不信你看!"

他张开嘴巴。我看到他嘴里一颗牙都没有。毫无疑问,这是他为那次顶嘴付出的代价。

  我开始干这可怕的工作。无数只鞋子乱七八糟地堆在一起。我先从橡胶皮靴开始配对,但光橡胶皮靴就有上百种的式样:渔夫款,农夫款,消防员款,猎人款,石匠款,医生款。假若我的脑子能够稍微正常一点,那么我肯定会立即找来一把手枪,冲自己的脑袋扣动扳机。但是人在这里,没有任何的解决办法!在这该死的地方,你既不能死掉,也不能反叛,更无处可逃。

  我先将橡胶皮靴按样式分类,然后再按尺码分类,就这样,我费了很大的气力才配好了八双,并把它们摆到货架上,这时候,一车新货又运到了。胖工头瞅了我一眼,呵呵大笑着冲着卡车的背影伸出一根中指,伴随巨大的噪音,车斗里的鞋子滚落到了地上的鞋堆上。鞋堆一下子高出了一倍,司机立即掉转车头,赶着去拉下一车新货。

  我努力加快劳动速度,只要在鞋堆中看到相似的鞋子,就立即爬上去把它们抽出来,放到一边,然后继续寻找。干了一段时间后,我的手脚变得越来越麻利。我跳过来,窜过去,但是我逐渐被搞得眼花缭乱,刚看到一只相似的鞋子,但转眼就忘了是在哪里看到的,我绝望地挣扎,就像在玩一副由无数个小纸片组成的拼图游戏。我刚配好几双,又运来了一车。

我想要呐喊，几乎被逼疯了，眼看就要晕厥，瘫倒，但在我的内心深处有一股力量支撑着我，不让自己倒下。我清楚地知道，假如我现在承受不住的话，那么我会陷入更糟糕的境地。我咬着牙继续苦干。红色的靴子，绿色的靴子，黄色的靴子，黑色的靴子，右脚，左脚，小尺码，大尺码，三十八码的，又一双三十八码的，但这只也是左脚的，右脚的在哪儿？那里有一只黑色的靴子，式样笨重，四十五码，但另一只黑靴子又在哪儿呢？噢，在那儿呢！终于找到了！但还是不对，这只的鞋底太厚了，不是。绝望，绝望，实在令人绝望！但是即便如此，我还是咬着牙坚持着！我相信，肯定是哪里出了错，我才被送到这个鬼地方，这个撒旦的最恐怖的集中营。但是没有关系，我会找他算账的，走着瞧吧，我一定要让他脑浆四溅！

就当我感觉到体力不支，再无法坚持的时候，又有几辆卡车开了过来。鞋山继续不断地增长，增长，越堆越高，已经高出我的头顶，我想要爬上去找鞋都很困难。就在这时，奇迹发生了。一大群顾客出现在鞋堆周围，他们开始从鞋堆里找鞋。他们爬到了鞋山顶上，从那里抽出他们想找的皮靴、便鞋或凉鞋。穿上又脱下地试了一会儿之后，拎着找好的鞋子高高兴兴地走了。

越来越多的顾客拥到这个区域，他们对我的帮助也越来越大。谢天谢地，他们并不从货架上我已配对好的鞋子里挑选，而是更愿意从令人作呕、胡堆乱扔的鞋山里自己扒，每找到一双，感觉都像是发现了财宝，鬼知道他们要花多少时间，才能享受到发现一件新战利品的快乐。

由于男鞋的情况逐渐好转，我开始着手整理女鞋，这工作更加复杂繁重，因为女鞋的式样要比男鞋多得多；但是即便如此，我还是觉得整理女鞋更让人开心。我先把一只红色高跟鞋拿在手里，再捡起一只墨绿色的塑料凉鞋，之后是一只优雅、敞口的黄皮鞋，然后是黑色、侧拉链式、薄皮子的高筒靴，当我触摸到它们时，感觉像是把手伸到海水里，仿佛抓住了女人们穿鞋的脚腕。我变成了它们生命的主宰，任凭它们在水中溺死，变成青苔、浮萍、扇贝和鱼的骨骸，也许我会在最后一刻找到与之相配的另外一只，我从死气沉沉、令人窒息的鞋堆里把它们抽出来，救出来。

整理童鞋更加困难，因为我望着眼前巨大的、看上去无边无际的鞋堆，脑子里会闪出一串古怪的念头：到底需要死掉多少个孩子，这些鞋子才有可能找到穿它的主人？要有多少个孩子从树上摔下，被汽车撞死，溺水而亡，从窗口坠落，我们的超市才有可能维持住这样的销售速度？在我们新成立的公司里，生产率总是不断提高，老板是否真的知道，童鞋销售额的增长要与孩子死亡数量的增加成正比，只有那样，公司的利润和效益才有可能不断地攀升？以后，有朝一日，我会给我自己的孩子们买哪双鞋？哪对小凉鞋会被穿到我儿子的小脚上？哪双鞋更适合我女儿的脚？他们也要在劳动的时候保护好自己的脚，莫非以后他们也会像我这样，作为童工从事这样绝望的工作？如果我们工作得很好，他们能否对我们开恩，允许我们同住一间家庭式牢房？在那里，我们可以一起度过工作之余已经不再有梦了的那几个小时？

现在我妻子在下面，在人间，到底穿的是什么样的鞋？是否还穿我曾给她买的那几双漂亮的鞋？也说不定，她穿的是其他式样的新鞋？如果她有了新的伴侣，并跟他一起开始新的生活。那么等她死后，她是否还愿意跟我待在一起？还是要跟别的男人？等她来到天堂，她是否能够自己选择生活？很有可能她也跟我们一样，根据别人的意愿被分派工作？

通知下班的音乐声又响了起来。老人走到我跟前，从我阴郁的脸上看出了什么，于是拍了拍我的肩膀劝我说：

"你干得不错，小伙子！我看出来你不喜欢这个地方，但过一段时间你就会习惯的！"

我挺直了身子，环顾了一周。一座座鞋山，看上去跟早晨我来的时候并没什么两样。我掸了掸衣服上的尘土，等着车来接我。汽车终于来了，我从其他人的脸上也可以看出，他们的这一天过得也不会比我的好多少。我们出发了。我用余光寻找戴金表的家伙，但我既没有在车里找到他，也没有在食堂吃晚饭时看到他。只看到了那个金发女郎，她形影孤单地坐在那里，哭肿的眼睛盯着前方。

"你还好吗？你的朋友在哪儿？"我凑过去问。

"他被带走了！"

"为什么？"

"昨天晚上，他想拿几瓶啤酒回房间，结果被人逮住了，他们揍了他整整一夜；今天他又想拿一盒避孕套，但是再次被人抓住，他还没来得及跟我告别，就被带到了别的地方。"

"带到哪儿去了？"

"带到一个什么纪念公园，他被送到了那里，那是历史上最血腥恐怖的鬼地方。战争、战俘营、监狱。他将在那里当角斗士，但是，如果在那里他们仍旧对他的表现感到不满，会把他送到更可怕的地方；如果他能够表现得不错，顶多可以被送回到这里。"

"那个公园是干什么用的？"

"为了恐吓那些对现实不满的人,让他们看看:如果他们不温顺地工作,等待他们的将会是什么。那里的生活令人毛骨悚然!角斗士们不得不一次又一次地重复在最黑暗的时代发生的那些事。每天被人大卸八块,砍掉脑袋,砍断胳膊,残留的躯体被扔去喂野兽,等到工作日结束,再重新把他们拼凑起来,他们可以去吃饭,睡觉,到了第二天,一切又都从头开始。"

我对她表示同情,温柔地抚摸她的脊背,抓住她的手,紧紧攥住,拉着她,朝着我的房间走去。我们穿着衣服躺倒床上,像是噩梦,我在脑子里不断想着从女人嘴里听到的那些疯话,我孤独坠落,沉睡过去。

## 第六节

　　令人紧张的欢乐音乐又响了起来，伴随着一个可怕女声的刺耳歌唱，我感觉像有千万根针刺进我苏醒中的脑袋。欢乐，欢乐，欢乐！万岁，这邪恶的、义务性的欢乐！在这里，在天堂集中营内，在这里，人们连关掉这杀人音乐的一点点自由都没有！他们打开了每个角落刺眼的探照灯，为了督促人们投入到机器人般的工作节奏，他们可能连盘算"怎么能从这里逃走"的时间也没有，很快将被运送到超市的某个鬼地方。

　　我迷迷瞪瞪地摸进厕所，坐到马桶上，使劲拉了一大泡屎。啊，这是第一泡在天堂拉的屎！它会是什么样子？或许在两边长了小翅膀？或许这个想象最符合在人间所做的那些关于天堂的广告精髓！假如你一辈子都像一个蠢货那样地劳碌，那么最后等你死亡时，会有许多长翅膀的小天使来迎接你，那些纯洁无辜的欢乐天使，将给你带来销魂的享受，以换取你在天堂的感恩。可是现在，小天使们都跑到哪里去了？

这真是天大的谎言！一文不值的蛊惑，一文不值的梦想，一文不值的人性，它们迅速把你送上一条输送自身残骸的传送带，奔向永远的奴役之所，巨幅的海报用一张张笑脸鼓励你："用不着紧张！假如你在人间有许多烦恼，到了我们的天堂里保证不会再有！在这里，你想要的一切都应有尽有，只需要你尽情地享受，因为在这里我们将永远地宠爱你，对我们来说你非常重要！你会得到礼品手表、相互爱抚脊背的天使图、印有上帝最动听语录的卡片等各种礼物，你还可以自动加入由我们的好友撒旦组织的抽奖活动，你可以赢得的大奖是一个带翅膀的天使娃娃。总之，你的朋友，你的情人，你的妻子和你多功能的奴仆也可以在这里陪伴你到永远。"

我又拉了一橛子屎，随后站了起来，告别了我的小天使，及时地加入到我所归属的队列里。

吃早餐时，胖男人又冲我狡黠地坏笑。

"怎么，今天你想干什么工作？是穿着角斗士的铠甲打扫厕所，还是穿着绒毛的兔子服卖棺材？也许凭着你幽深的后庭，可以为避孕套做广告。广告语是现成的，'现在你可以免费试戴'！"

他又挤眉弄眼地坏笑了一阵，然后将写有我分工的字条丢给我：

家用电器部

说老实话，对我来说去哪里工作都无所谓。他们愿意怎么分派就怎么分派吧！我们坐到车上，耐心地等着他们把我们放到被指定的地方。大家的面孔越来越漠然，希望与反抗的迹象已慢慢消退。只有在金发女郎的脸上还残存了一些，因为她又跟另外一个戴金表的中年男人好上了。

所有的人都下了车，这时候，我终于看到了一排排望不到尽头的电冰箱和洗衣机大军，数不尽的白色机器沐浴在刺眼的白光之中。真是蔚为壮观！这才称得上是天堂盛景！一个最天堂的天堂，位于天堂的心脏！

汽车把我放到柜台前，在那里站着一个戴眼镜的瘦削男人。那家伙冲我招了一下手，让我跟着他；后来，他在一台电冰箱前停下来，拉开冰箱门跟我说：

"我们的产品必须总要保持一尘不染！决不能让顾客在机器上发现任何一滴污点、一个指纹或一丝灰尘。要知道，哪怕只是一粒浮尘，也会动摇顾客购物的信心，影响顾客对我们的信任。他们相信天堂是绝对干净的地方，比手术室还要干净，他们在人间就接受了这种灌输！你有没有看到那只巨大的不锈钢桶？那里装的是洗涤液。你要用它擦洗机器。在不锈钢桶旁你可以找到手套和海绵。你可以开始干活了!"

我眺望一列列的电器大军,没有看到尽头。我扭头看了一眼身后的不锈钢桶,体积大得像一节火车车厢。后来,我瞥了一眼这个工程师模样的家伙,满心希望他能够跟我开一个玩笑,但是当我看到他紧紧闭着的薄嘴唇,最后一丝希望也像坠落的天使一样地从我身边飞走了。

我戴上了手套,拿起一块海绵,从不锈钢桶里挤了一些洗涤液出来。我开始劳动,站到第一排洗衣机前。我从第一台洗衣机开始,先后擦了上面、侧面、背面和正面,最后再擦里面,之后走向下一台。

我想把门再拉开一些,但不知怎么,洗衣机门自动关上了。我用力猛拉,随后门又猛弹回去。终于我使出了全身气力,用两只手将洗衣机门彻底拉开!这时候我惊讶地看到,在洗衣机内有一个婴儿大小、满脸皱纹、蜷成一团的小老头,穿一身破烂不堪的棕色西服,浑身瑟瑟发抖。

"你躲在这里做什么?"我皱起眉头低声问。

"请不要出卖我,我的孩子,求求你了!"

"你给我马上出来!"我低声喝道。

"不行,我的孩子,我无处可去!我之所以藏在这里,是为了让他们找不到我!我实在忍受不了这里的工作!"

"你还要工作？我看你连站都站不起来了。"他的话听起来让我觉得好笑。

"在这里没有人问你多大岁数了，没有人管你能不能站起来！你必须工作，没有别的可说！我躲在这里，等待我的死亡。"

"可是你不可以藏在这儿。万一你被他们发现，他们肯定会惩罚我！另外，你怎么会乐观得这样愚蠢?！你已经死了！怎么还幻想再死一回？你还想让一切再从头开始？"

"能不能再死一次，对我来说已经无所谓了，我的孩子。但是至少让我躲在这该死的洗衣机里多休息一会儿，能休息多久就休息多久！"

我打量了一下这个小老头，在他身上看到了我自己未来的影子。我也会变成这副干瘪的模样，无论十年后还是一百年后，对我来说都是一样，说不定现在我就已经是这副样子了。出于怜悯之心，我没有逼他出来，继续去擦下一台机器，仿佛什么都未曾发生。我继续擦拭洗衣机，几小时后，我终于到达了长得不可思议的行列尽头。之后我转到第二排，那排是电冰箱。我盘算了一下，如果我不放慢速度，不休息的话，我可以完成这项非人的任务。

当我打开第一台电冰箱门，又看到另外一个干瘪成果脯似的小老头。他躲在最下面一层的抽屉里，刚一发现冰箱门被人打开，就立即从抽屉里跳了出来，迅速把门拉上。我吓了一跳，估计监工现在已经注意到他了，毫无疑问，刚才那个老人他也肯定看到了，想来整座超市的每个角落全都安装了摄像头，在所有的犄角旮旯，每个人的灵魂、心脏和记忆时刻都在摄像头的监视之下。

"快点，快给我出来，你这个可怜的家伙！"当我再一次拉开冰箱门时，我冲他喊道。这个小老头干瘪得让人不可思议，脸上布满了皱纹，几绺残留的白发胡乱粘在头皮上。看上去就像一只为了保住自己最后的栖身地而痛苦挣扎的癌症老鼠。他一把抓住冰箱门，重又把它拉上了。

"你这个来自火星的侏儒木乃伊！"我再次拉开冰箱门；他挥舞着一根毛衣针朝我脸上刺来，并再次迅速地把门关上。我恼羞成怒，猛地拉开冰箱门，抡起拳头朝下面砸去，他呻吟了一声，随后一口咬住了我的手。

我决定不再承担风险。我叫来了监工，并且拉开了冰箱门。监工朝里看了一眼，但是里面什么也没有。天哪！这个小侏儒藏到哪里去了？监工恼火地摇摇头说：

"你这是在耍我呢是吧？你还是好好地干你的

活儿!"

"先生!这个抽屉里确实藏了一个小老头,那家伙还对我发起攻击!另外在一台洗衣机里也藏了一个,另外一个!"

"我知道这个工作有一点单调,"对方回答,并表情漠然地瞅了我一眼威胁我说,"新来这里工作的人,经常会产生各种可怕的幻觉。你还是继续干活吧,如果今天完成不了任务,结果不会有好果子吃!"

他转身走了。我感觉自己像个大傻瓜。难道真的是幻觉吗?可是,我手上还有被咬的齿痕!我再次拉开冰箱门,那个小老头站在那里哈哈大笑。

"你这个臭小子,居然想要举报我?"

我再次挥拳砸向他的脑袋,但是他这次躲开了,又咬了我一口,我痛得钻心。算了吧,我心里暗想,别再搭理这个疯子了,继续干我的活儿吧。当我走到下一台冰箱前,身后的冰箱门被推开了,那个干瘪的小老头继续向我挑衅。

"你这个傻瓜,清洁工大叔!你不想给我擦擦背吗?你居然还要举报我住在洗衣机里的弟弟?他怎么惹到你了,有人住在这些愚蠢的机器里,跟你又有什么关系?我警告你不要再过来,否则我会扎瞎你的眼睛!"

小老头在冰箱里又蹦又跳地尖叫,大笑,之后将毛衣针掷向我,在我的脖子上扎了一个小坑,随后砰的一声撞上了门。

我继续工作。我很快意识到,在每台机器里都住了一个活着的小木乃伊,只是他们躲藏得十分小心,尽量让我看不到他们。然而,我的工作是要擦干净每个犄角旮旯,即使是耗子的天堂旅馆,也不能放过。

我在下班前的最后一刻完成了任务。工程师瞅了我一眼,什么也没说。我把海绵、手套放回到原来的地方。汽车驶来,我上了车,带着一股沮丧孤独地回家;我默默地坐在车厢里,感觉自己是世界上最大的蠢货。别的同事也依次爬上车,我看到他们,庆幸自己的这一天过得还不错。他们中有的人显然遭到了殴打,有的人在地上爬行,几乎不能够站起来;金发女郎的衣服被撕成了碎条,头发也被揪掉了好几绺,露出一块块头皮,她耷拉着眼皮爬上车,站到我们中间。

"你这是怎么了?你去哪儿了?"我同情地追问,但她缄口不语。"你是跟上帝一起擦仓库的窗户,从梯子上面摔了下来?还是在专家部被撒旦给蹂躏了?"

我们回到了住处,一声不响地吃完晚饭,然后躺下睡觉,为第二天的工作积蓄气力。

33

## 第七节

让人发疯的歌曲又响了起来，刺眼的灯光也突然照亮。几分钟内，整个团队的人都已经洗漱完毕，穿好制服，准备就绪，面无表情地朝食堂跑去。我们领到各自的那一份早餐，开始用餐，胖男人又开始了一天一度的训话。

"今天是一个重要的日子，因为你们将参加职业培训！你们用不着工作，只需要学习！你们用不着担心，给你们的脑子除一除锈，上一点油，之后会变得非常好用。早餐后，你们在那里排好队！"他边说边抬手朝一扇门指了一下。

不出几分钟，我们秩序井然地排队站好。一个身材矮小、皮肤黝黑、神色怯懦、戴一副厚厚眼镜的小侏儒钻到我的身边。

"他们又要闹出什么花样？"他悄声问。

"我怎么知道！"

"我简直快要累死了，再也无法继续忍受！"

"你已经用不着忍受太久，只需要永远！"

"我要是事先知道这个，就不会吊死在我内兄的车库里了。其实我并不想真的死去，只是想吸引他老婆对我的注意力。我想她会同情我的，会答应跟我偷情。没有想到，我把绳结打得太紧了，当我向她求爱，并用自杀威胁她时，一不留神脚下打滑，从小板凳上跌下来，结束了自己的性命。但我真的没有料到，人死后的情况会这么糟糕。我本来以为，万一我真死了，这里的情况会好一些。我以为这里会有女孩、宽恕、娱乐，还有一切。没想到在这里所受的罪，跟在下面受的一样多，而且只多不少，一点儿都不比地上更好！"

胖男人挥了下手，让我们尾随在他的身后。我们鱼贯而行，穿过狭长的走廊，最后来到了一间大会议室，在那里，我们围坐在一张长桌子后，每个人都得到了笔记本和圆珠笔，这时候，那位身材壮硕的水果女王走了进来，站到写字板前。她穿了一身优雅的黑色套装，胸前是惹眼的开襟领，脚蹬一双高跟皮鞋，她脸上的微笑能够让所有的邪恶顷刻变得荒诞可笑。

胖男人站了起来，开口介绍。

"亲爱的学员们，未来的经销商们！请允许我向你们介绍我们商厦的职业培训经理，她在百忙之中抽出时间为你们做讲座。你们一定要全神贯注地听讲！"

水果女神冲我微笑了一下，随后开始了她的讲课。

"在这里，在天上的世界，你们仍会用上你们在地上积累的那些世俗经验。这就像一面镜子，映照出你们所经历的凡人生活的生命本质。由于决定生命本质的两大基本要素是买和卖，因此，你们在这里要做的事情也不外乎这些。这个地方不是别的，就是一个由人世间的恐惧与希望建起的教养院。你们在这里接受一轮培训，在这个培训过程中，你们既可以改善你们自己的处境，也可以使你们的处境变得更糟。你们中有一个人偷了东西被我们发现了，已经被送到其他的地方，他在那里当角斗士，每天都要被人杀死一回。跟他相比，你们的处境已经好多了，因为你们一直都比较听话，服从指挥。这样下去，总有一天你们可以获得晋升，你们晋升的级别越高，闲暇的时间也会越多，日子也会过得越舒适。有朝一日，你们中的某一位有可能当上这家超市，甚至整座天堂的总经理，那时候他可以住在奢华的官邸，拥有可能拥有的所有权力与可能性，想要什么就能得到什么，可以活得为所欲为。"

站在我身边的那个小侏儒，透过厚厚的眼镜片冲我挤眼睛，先是朝女人扬了一下嘴巴，随后将手伸向裤裆，做出一副痛苦的鬼脸，摸了摸自己的下身。女人注意到了他的小动作。

"你怎么了？你在干什么？嗨，你给我过来！"她大声喝道。

小侏儒的脸涨得通红，忐忑不安地慢慢走向那对巨乳。

"哦……不，我没有这个意思……"小侏儒弱弱地辩解。

"你给我好好听着！我只讲一次，之后你给我重复一遍！"

小侏儒紧张地眨着眼睛，继续盯着女人发呆。

"打一个比方，你们要销售摆在你们眼前的圆珠笔。你们找一位潜在的顾客，然后试图说服他，让他相信自己恰恰需要这样一支圆珠笔。你问为什么？因为大多数圆珠笔都很容易丢，放到哪里后很不容易找到，因为它们的颜色不那么鲜艳，不像这一支的这样扎眼。另外，所有的圆珠笔上都没有这样一个小舌头，不能别在胸兜上随用随取。而且，没有一支圆珠笔能够像这支这样好看，你们看啊，它上面有一个袖珍的小盒，当你垂直攥着它时，会从里面游出一条半裸的美人鱼，还有，任何一支圆珠笔都不会像这支一样带有磁性，你们可以随手把它吸到冰箱上或洗衣机上。最后我想强调的是：世界上没有任何一种圆珠笔，能够像这支这样写字流畅，并可以使用很长时间，质量上乘，完美无瑕，绝无仅有，而且现在很便宜就可以买下这件神器，要知道，它还可以自动书写，自动修改文章或发票，填补漏掉的数据，画出你认为根本就不可能画出来的图案！之后，你们要把这些话一遍一遍地重复，直到对方决定购买，听明白了吗？"

她用眼睛盯着小侏儒的脸，那家伙仍透过厚厚的眼镜片愣愣地看着女人的胸脯，过了一会儿，他小声应道：

"明白了！"

"那好，可爱的小侏儒，现在你来试一下！打一个比方，假如明天早晨让你卖一副白铁皮棺材，你该怎么办？"

"我躺到里头！"小侏儒不假思索地应道。我们哈哈大笑。

"如果这样下去，我们得叫你去品尝过期的狗粮！"

"哦，那好吧，好吧！嗯，那我把棺材立到超市里的一个角落，冲着顾客吆喝，我会这样喊道：快来看，快来买，请大家都来买棺材吧！经济实惠，不仅多功能，而且可供多次使用，非常舒适，可以永远当床使用，质量绝好，价格便宜！还可以拿它当小船划，当飞船坐，同时是理想的做爱场所！孩子们可以把它当作摇床睡，农民们可以用它装饲料，饲养员们可以拿它当食槽用，医生们可以用它盛血，刽子手们可以把它当成工间休息场所，妓女们可以在那里面提供特色服务，对劫匪们来说，它是绝好的窝赃处！此外，我们还提供额外的服务，根据你们的需求，可以租借色情图片、《圣经》箴言或扣人心弦的连环画，甚至，还可以添置鸡尾酒吧台，设计可以打开的窗户，配备会跳舞的充气娃娃，安装吊灯和音乐痰桶！"

"可爱的小侏儒，你要愿意的话，今天的这项销售任务就交给你了，现在你就可以扛着你的白铁皮棺材去工作了！"女教员说完，向胖男人打了一个手势，让他立即把小侏儒带走。

我们身上的血液都凝固了。在我们灵魂的眼前，看到小侏儒正拖着第十万只棺材步履蹒跚地朝着一座白铁皮金字塔走去，为了根本就不存在的永久安息地，用他的一块新积木继续进行无望的拼搏。我们默默地与他告别，继续学习那些事关未来命运的经销商诀窍。

我们继续接受职业培训。最要命的是，我们的教员总是不厌其烦地要求我们必须想出新的点子、新的创意，逼迫我们将整个灵魂都投入到这场毫无意义的拼搏中，否则我们会被送进地狱，在那里，我们将会被大卸八块，重新装组，如果幸运的话，我们会在经历了彻底的洗脑之后两眼放光地渴望回到这里，渴望能快乐地推销圆珠笔。

当我们已经彻底掌握了如何推销圆珠笔的绝技，水果女王站到了我的身后，将她的乳头像手枪的枪口一样硬硬地抵住我的脊背。

"我的小松鼠，难道你没有想我吗？"她嗓音低沉地小声问。

"当然想，但是我不能跟你一起怎么样。我是有妇之夫。"我冷冷地说。

"你怎么可能是有妇之夫！在这个地方，除了我之外你谁都没有！你这个小坏蛋，我早就等不及了！"

"是你把我杀死的吗？"

"用不着我来杀你。那么多的焦虑，早就毁掉了你的小心脏！我什么也没做，只是给了你一个小梗塞！"

"你这个畜生！"

"我怎么会是畜生呢，我只是想要爱你而已！这有什么问题吗？你要能够伺候好我，听我的话，那么我们可以在一起疯狂，你会得到你做梦都不敢想象的快乐！"

"你是说，跟一具死尸？这怎么可能……"

"那有什么关系？别忘了你也是一具死尸！"

"是你坑了我！要不是你把我弄到这个疯人院似的超市里，我本来能跟我的家人、朋友待在一起！小心点儿，我会把你像个充气娃娃一样地压瘪！你到底是谁？

你是魔鬼吗?"

"我是一个天使,是你在这里所能找到的一个最善解人意的天使!但是如果你总是捣蛋,那么你会失去你唯一的助手!"

"可是我需要的是过去的生活!我要做我喜欢做的事情!我需要我的家人和朋友们!而不是你!"

"如果你真想跟你的家人团聚,也不是没有办法。但是你肯定回不去了。唯一的解决方法是,你把他们也带到这里!"

"带到这个该死的监狱里来吗?让他们永远当你的奴隶吗?"我恼火地质问。

"我并没有说他们来到这里必须工作!我也从没有说过,你永远都要在这里工作!如果你能做一个听话的乖孩子,那就会有许多种解决方案,你根本不清楚在这里的生活能够有多好!唯一的条件是,你要全心全意地热爱你的工作单位,你的同事们!只有那样,你才能够改变你的处境!"

"再有,我必须跟你整日疯狂对吧!"

"我肯定不会让你后悔的,我的小可爱!但是现在咱们不说这个,你先要学好经销的谋略,因为你肯定会用得着它。你一边学,一边再考虑我给你的建议!"她小声说,然后收回了她的胸脯,扬长而去。

我该怎么办呢？如果给这个色情狂的女尸当性奴，总要比怀着一丝幸存的渴望和对更可怕的奴隶命运的恐惧，攥着这愚蠢的圆珠笔在该诅咒的超市货架间跑来跑去地捕猎要好？

假如有一天我妻子也死了，来到这里发现我在干这种变态的勾当，她是否能够理解我，我之所以用我的家什干这头天堂的母牛只是为了保护他们，因为如果我不这么做的话，她会对他们进行报复？

现在上帝在哪儿？为什么不来拯救我？他躲到哪个鬼地方去了？他在哪儿上班？在儿童玩具部吗？他会不会在那里当售货员，导购员，或只是在那里拆这个装那个或维修产品？还有他的那个同事，撒旦？那家伙在哪儿？说不定躲在超市里的某个角落里口吐魔火，正为顾客们加热食品罐头？

不，我绝不能屈从于这个大乳房的天堂妖怪的无耻要挟！与其做女妖的性奴，还不如跟小侏儒一起继续忍受折磨，或跟住在洗衣机里的那些精神分裂的小木乃伊斗智斗勇，要么继续去给堆成小山的橡胶靴子配对，或为其他的死人称量蔬菜水果，直到我在这"另一个世界"里的生命终结。哪怕根本就没有终结！

于是，我怀着坚定的毅力和巨大的勇气下定了决心，毅然、决然地重新加入到奴隶大军中，满腔热忱地投入工作,越来越深地沉浸到那充满魔力的推销圆珠笔的伎俩世界。很快,我想出越来越多、越来越棒的主意,脑子里接二连三地蹦出许多奇妙的词句,迫不及待地等着第二天的到来,好能尝试一下我心里筹划出的一切,我要为征服市场而战,我,一位用圆珠笔武装起来的、为自尊而战的角斗士,一个做好了充分的准备、将要走入超市角斗场进行生死之战的、充满力量和勇气的新死的战士。

我们一直演戏到晚上,然后一起到食堂用晚餐,最后回到我们各自的牢房里躺下睡觉。

"我将成为最棒的经销商!我将向你们展示最好的销售业绩!"这些话在我的脑子里继续飞转,"总有那么一天,我将成为天堂圆珠笔厂的厂长!我会变得非常富有,我的生活将成为有史以来最幸福生活之后的幸福生活!我将购买一座巨大的庄园,在庄园里为我的妻子修建游泳池、日光浴露台、凉亭和迷宫花园,为我的孩子们购买豪华汽车、飞机、宇宙飞船,并雇人为他们修一个足球场,每天都能订购成百上千种美味佳肴、美酒和时尚服装!我有预感,肯定会成功!我精力充沛,并且有着最棒、最原创的奇思妙想!"

## 第八节

  第二天早晨,班车照例来接我们上班,不过,分派给我销售的并不是圆珠笔,而是两箱避孕套;别人的情况也不比我好多少,金发女郎领到一大盒吸血鬼牙齿,其他人分到的有没有绷网的网球拍、软趴趴的钓鱼竿、没有钥匙的巨锁、打火机手表、劣质的汽车装饰品、光屁股的玩具娃娃、贴有塑料彩虹图案的镜子、绿色尼龙布窗帘。总之,大伙儿全都情绪不高,愁眉苦脸。

  我坐到车里,等待出发,忽然想起了小侏儒。现在他会在哪儿呢?但愿他没有因为昨天盯着温情女老板的两只大西瓜愣神而被送到了更加凄惨的地狱里。后来我无意中瞥见了他,看到他正拖着一大盒用黑色橡胶做成的、丑得一塌糊涂的、通常被摆在花园里做装饰的小矮人朝我们这边走过来。他把货物放到汽车的后部,然后手里攥着一件样品,耷拉着脑袋,满脸愁容地坐到我身旁。

  "就为这个,我也一定要报复那头母牛!唉,这种破烂玩意我能够卖给哪个傻瓜？而且你看，只要你一捏，它就会尿尿，从里面冒出一股恶臭的气味！"

我瞅了一眼那个丑娃娃。那一定是拿他做模特设计生产的。我很纳闷，他们的效率也够高的，怎么能够在一夜之间制造出这种邪恶的垃圾？只是为了戏耍他，出他的洋相？我对他生出恻隐之心。他说的没错，这东西确实卖不出去。更何况那是一个尿尿的小矮人，从它的小鸡鸡里滋出来某种臭得可怕的东西，不管是谁都会忍不住笑得抽筋。可怜的小侏儒，他不得不去卖自己外貌的卡通玩具，必须想方设法说服那些吹毛求疵的顾客将这个再丑陋不过的橡胶小怪物买回家去。

汽车开动了，依次把大家放到超市里的不同角落。当车子开到销售医疗辅助器械的货架前时，胖工头朝我点了下头，示意我下车。这是怎么回事？真他妈的见鬼！让我站在轮椅、假肢、拐杖中间卖避孕套？这怎么可能？！真是一个愚蠢透顶的玩笑！噢，水果女王，你简直就是一个邪恶的蛆虫！难道就因为我不想当你的私人奴隶，你就用这种方式惩罚我吗？！

我忍气吞声地抱起货箱，一声不响地爬下货车，在货架之间找到一块能够让人喘气的空地，打开我的两只货箱权当货架。我心里感到阵阵作呕。让我向残疾人兜售避孕套？他们耍我耍得也太过分了。可事已至此我别无选择,只能硬着头皮开始叫卖。

"瞧一瞧,看一看,这里有新出品的时尚避孕套!不管是小孩或大人,胖子或瘦子,小号的或大号的,运动员还是残疾者,都可以找到各自匹配的尺码;样式繁多,各种各样的颜色,像彩虹一样美丽供你选择!避孕套,请买避孕套!"

我站在那里大声吆喝,但是没有一个人朝我这边走过来。早晨的顾客们都无精打采,睡眼惺忪,很少有谁会误入这个令人反感的特殊商品区。过了一些时辰,来了几位坐轮椅或拄拐杖的老年人,他们都不知道我卖的是什么东西。

我继续吆喝,终于有一位身板笔直、神情严肃的男人站到我跟前。

"你这卖的是什么东西?"

"世界上最好最安全的避孕套!"

"避孕套是什么?"

"阳具帽!"

他用硬邦邦的假手狠狠抽了我一个大嘴巴,我当即晕倒在地,不省人事。等我苏醒过来时,那家伙已经不见了人影。我强忍疼痛爬了起来,继续吆喝。

我决定要用更显开心、更加活泼、更有创意的方式兜售商品,因为已经过了半天,我连一个该死的避孕套都没有卖出去呢！这样下去，车来接我时我该怎么办？他们可能都不会接我回宿舍，而是直接把我送到某一场古代的战争中当活靶子？

这时候，我看到有一位坐轮椅的老人在不远处的货架之间寻找商品，我立即抓起一把避孕套，大步流星地朝他走过去。

"老先生，我想向您推荐一种用途奇妙的产品！"我拿出一副诚心诚意的口吻与他打招呼。

老人听了，想都不想立即调转方向，准备逃走，但是我当机立断，一步窜到他的轮椅前，果断地挡住他的去路。

"请您看一眼吧，这款避孕套比过去使用过的任何一款都要更好！彩色的，这样一来您任何时候都能在写字台上找到它，不像以前生产的那种，想用它的时候找不到！如果把它撕开，您可以把它别在外套的雪茄兜上当勋章戴！如果妻子给丈夫套上，她看到的会是一条美丽的小人鱼，要比以前的设计好看许多。既然里面有一条美人鱼，您就会不由自主地总想到它，这样一来，您就不会忘记自己把它藏到哪儿了，要比老款的产品更容易被找到！最重要的是，新产品质量超群，好得不可思议，现在正赶上促销降价。无论您怎么折腾，它既不会漏，也不会脱落，结实得您拽都拽不破，不像以前的那样！"

老人根本不想搭理我，开始摇动轮椅，试图朝另外一个方向逃走；我费了很大气力才追上他。我将一只脚伸到轮椅的车轮之间，用力一勾，轮椅立即翻倒，老人呈一条抛物线飞了出去。我冲到他跟前，继续兜售。

"这件产品将让您开始全新的生活！您既可以把它套在您老当益壮的家伙上，也可以拿它当气球吹，或者临时用它当尿盆或痰盂，还可以用它擤鼻涕或当飞盘玩，总之，它可以帮助您摆脱每天乏味的日子。您肯定需要它，请相信我说的，您就买下它吧！多买几个，因为这款商品马上就会脱销。快点买吧！您可以给您的家里人每人买一个！买啊买啊！"

最后，我扯破嗓子冲着这个被我逼得走投无路的残疾老人怒吼起来。他被我吓得瑟瑟发抖，一脸惊惧地冲着我眨眼，之后战战兢兢地从我伸到他鼻子底下的一大把避孕套里抽出了一只，放到嘴里开始咀嚼。嚼了一会儿之后，他小声地嘟囔：

"嗯，香蕉味的，还不错……"

我的天啊！这老头简直是一位天才，想象力比我还要丰富！我突然冒出一个主意：如果没有人需要避孕套，我可以把它当口香糖卖！我立即跑回到用纸箱搭成的小小售货摊前，开始吆喝新编的广告词。

"这里有新出品的口香糖!对清洁假牙具有奇效!富含让您返老还童的维生素!还可以减缓骨质疏松,生发护发,并能加强并美化您的面部肌肉!只要经常嚼它,就可以重新恢复性功能!口香糖,请买口香糖!"

顾客们听到我离奇的吆喝,慢慢开始朝我这边聚拢。对他们来说,我做的广告是那样的新奇,难以理解,因此勾起了他们的好奇心。

"给我一个绿的!"一位老妇人说,"再给我一个黄的!再要一个红的!"

"我要一个条纹的……嗯,没错,真的就像棒棒糖!我给我孙子买一个棕色的,再给孙女买一个奶糖味的!"一个老头说。

"我要十个,每种颜色各一个!我正好要去朋友家做客,那里所有人都喜欢口香糖!"

"我买二十个,要硬一点的!我要送给我的同事们,让他们的牙齿早一点掉,呵呵呵!"

慢慢的,人群越聚越多,把我团团围住,他们疯狂抢购,像买糖果一样。最后,有很多只手朝我伸过来,让我感到心惊胆战,担心货物万一卖完了,他们会愤怒地把我揍扁的。

很快,人们就像愤怒的野兽,拼命争抢避孕套。他们把手伸进了货箱里,一把一把地抓,毫不犹豫,甚至不知道抢购的东西是什么。

我蹲了下来,假装在系鞋带,小心翼翼地往外退,退出了里三层外三层密不透风的人群,躲到一个货架后面,偷偷地观察会发生什么。

几分钟内,货物被一抢而空,地上只剩下被撕烂了的纸盒子。愤怒的人群一片混乱,那些来晚了的顾客,二话不说地立即从别人的手里、兜里、塑料袋里抢,不择手段地想要得到畅销的商品。后来,响起了第一个耳光,接着是第二个,第三个,眨眼之间抢购的场景演变成了群殴。听到喧嚣的声音,人们从超市的各个角落向这边拥来,然后,纷纷怀着失落和嫉恨投入到这场混战。

终于,两位监工闻讯赶到了现场,询问到底发生了什么事情。他们听我讲述了原委之后,其中的一个大声喝道:

"住手,请你们住手!亲爱的顾客们!请你们别再打架了!在你们身边的货架上就有充足的货物,每个人想买多少都能买多少,用不着抢。现在公司正好搞降价推销,价格最佳,赶快买吧!"

人群这才安静了下来,他们开始困惑不解地看着摆在货架上的假腿、假手、小便壶、大便器、白色的拐杖和助行器等。其中有一位顾客突然拿起一个可以拆卸组装的拐杖,朝收款台走去;另一个人抓了一把假牙,也立即跑去交款;有一位摇摇晃晃的妇人则从货架上拽下一辆轮椅,把它打开,坐了进去,然后摇着轮椅走了。

地狱的大门被打开了。那些刚才还只为争抢避孕套而斗殴的可怜家伙们,现在开始抢起了假肢、假手、纸尿布、点滴架、可以自己调整的假牙、小便壶等,随后又是一阵争抢打斗,眨眼之间,货架上变得空空如也,人们又在交款台前挤破了脑袋。

我目瞪口呆地望着这一片慢慢退去的人潮,扭头看了看站在我背后的两位监工,突然忍不住爆笑起来。我先是向前踉跄了两步,一把扶住货架,而后感到两腿瘫软,慢慢滑坐到地板上,我精疲力竭地坐在那儿,等着班车过来接我。车来了,我爬了上去,怀揣着最不可思议的体验回到了死气沉沉的宿舍区。

跨进食堂大门,我一眼看见小侏儒躺在一张桌子上,躺在一副白铁皮的棺材里,看得出来,他被人打得头破血流。

"你死了吗?"我走到他跟前同情地问。

"哦,还没有,只是我没有卖出去那些臭娃娃,后来我一生气把它们扔进了垃圾桶。之后,我又试着卖这白铁皮棺材,但是我很倒霉,这东西更不好卖,吆喝了一天都没有开张。可以理解,有谁会在天堂里买棺材呢？想来，每个人都是能自己走路、采购的活死人！因此他们惩罚我，从现在开始，我每天晚上都要这样躺在这里，就像陈列在展品间里的一件样品，白天则要打扫厕所。你卖出什么东西了吗？"

"我做梦也没想到，居然死人也需要避孕套！"我喜形于色地说。"我很幸运。好吧，晚安！"

"晚安！"

他苦笑了一下，做出一副为我高兴的样子，然后给自己拉上了棺材盖。

# 第九节

第二天清晨，我在早餐时没有看到小侏儒，他连同他的棺材一起消失了。说不定在巨人们中间跳脱衣舞呢，我心里暗想。不过，胖男人跟往日一样按时出现，迫不及待地走到我的跟前。

"你这个贼小子，是不是又想出了什么新的花招？你是不是骗了人家，把避孕套当成口香糖卖?！这样下去，明天你可以把盐酸说成是洗脸液，把小苏打当成宝宝餐，把情色杂志说成圣经，对不对？今天派给你一个更艰巨的任务，给你几盘甜面包圈，只要你还没把它们卖完，就必须一直端着它们在超市里转圈，不许偷懒！但我要事先警告你，你不可以编谎，不能说它有生发、美容、发财、让人长出翅膀或让阴茎变长增粗的神效，不能信口开河地忽悠顾客，否则我会让你吃不了兜着走！听明白了没有？"

显然这是那个波霸悍妇想出来的鬼点子，想让他好好地收拾我一顿。管他呢！

在这个地方谁也管不了那么多，只有时刻不停的诡计与较量，只有惩罚的高山和任务的海洋。恐惧能够催生出巨大的威力，而这种威力能够让最后一个狱卒，即使在最绝望的处境下，也能萌生出一个又一个微弱的希望，许多死人在恐惧中继续怀揣着希望，片刻都不会流露出绝望，那些来这里购物的活死人都已经痛苦得忍无可忍，即使在最愚蠢的谎言里，他们也会抱着侥幸的希望，努力从他们片刻的死亡中寻求出路，寄希望于比现在更好的死亡。

汽车把我放到了甜点部，放在超市大厅内最尽头的一个柜台前。有一位胖妇人正在柜台后忙活着什么，装满甜面包圈的托盘叠落成了一座高塔，等着我把它们销售光。天哪，这也太多了！足足能够喂饱一支军队！我硬着头皮跟胖妇人打了一个招呼。

"您好！我是今天卖甜面包圈的。您有什么好办法，能够让我逃脱这死亡的审判。"

"我没办法。"她冷冷地说。

"难道让我上吊自杀吗？"我露出一脸的苦涩。

"你上吊也没用。"

"那该怎么办？总不能让我把甜面包圈套到我的鸡巴上？"

"这主意不错！"

胖妇人忽然想出什么主意，拉着我走到货架后，不容分说地让我脱掉衣裳。她笑眯眯地看着我的裸体，随后拎出一大袋绵白糖，开始往我的身上撒。

"您疯了吗，老奶奶？"我感到莫名其妙。

"我把你变成一片云朵，一片美丽的白云，让顾客们误以为你真的是从天堂上来的，相信你真的从那里端来了什么好吃的东西。这很重要，你不是来自这个地狱，而是来自真正的天堂，来自我们始终都在梦想的地方。那样一来，他们就会从你的手里购买甜面包圈，就像买一小块白云，买回家去，可以让他们躲进各自的梦里。"

几分钟后，我浑身上下裹了一层绵白糖，素白纯洁，如同一只无辜羔羊形状的云朵。她还给我找来一双旱冰鞋，往我的脖子上挂了一个小熊形状的背包当作收钱匣，那只背包也被染成了白色，我端起两盘甜面包圈，滑着旱冰上路了。

但是情况并不像我们想象的那样。哪个傻瓜会从一个撒了一身绵白糖的疯子手里买甜面包圈呢？我滑着旱冰在货架之间寻找猎物，可是我刚一跟谁打招呼，谁就会立刻转过身去。我脸上装出幸福的微笑，像哑剧演员那样打着手势，让他们明白我是一片飘拂的云朵，一只天堂的羔羊，一个在监狱里被逼疯了的纯洁天使，现在真的从天堂给他们带来了美味的糕点。

没有人理我。于是我朝着排了一条条长队的收款区滑去，那里看上去就像一个很宽的水闸，不时地放出洪水般的人流。我来到离我最近的一个收款台，那里蜷缩着一个老太婆，她的脸上布满了干枯的皱纹，小眼睛从深深的眼窝里朝外看，就像从两个坑洞里向外张望。头上稀疏的白发蓬乱不堪。她磨磨叨叨地坐在那里，过了一会儿，无意之中看到了我，忍不住放声大笑。毫无疑问，我看上去肯定像一个白痴，她忍不住笑得前仰后合，喘不上气，我继续微笑着冲她点头哈腰，做出讨好的鬼脸，就像一个疯疯癫癫的花样溜冰手。等到老太婆的一位女友也笑得直不起腰来，我毕恭毕敬地举起一个甜面包圈递到她眼前，并抻了一下挂在我胸前的小熊脑袋。老太婆把钱扔到了背包里。随后我来到下一位跟前，之后再下一位，我仿佛骑马跃过一层层巨浪。

老妇人们相继都买了甜面包圈，连同一小块白色的梦，每一小块梦里都有一只小小的羔羊，她们可以骑着它飞上天空，找到梦想的天堂。她们拽住小熊，争先恐后地往里扔硬币，她们或许还偷偷地希望，希望等一会儿能有一个男人刺穿她们，就像鹰鹫穿过白云一样。我给坐在收款台后的老太婆也递上了一个甜面包圈，喂到她嘴里。就这样，我喂了一个又喂一个，如同神父分发神圣的面包,她们情不自禁地向我张开嘴巴,形成了一排由空洞的嘴巴组成的饥饿浪潮。就这样我走到一支队伍的末端,然后走到下一支队伍,周而复始。

到了傍晚,甜面包圈已销售一空。我穿好了衣裳,等着班车过来接我。我爬上车,望着窗外,汽车朝宿舍区行驶。

在食堂里,胖男人坐在那儿等着我,我刚一出现,他的脸就立即涨得通红。他很恼火,因为今天我也没有被他故意分派给我的"不可能完成的任务"难倒。跟昨天一样,小侏儒躺在一副摆在桌子上的铁皮棺材里,我掀起棺材盖向他问好,他也向我问好,我将盖子重新盖上,起身回屋,衣服不脱地躺到床上,立即坠入了梦乡。

## 第十节

我醒过来时瞅了一眼表：六点半了。我心里纳闷，今天他们怎么还没有来催我们去食堂？寂静统治着一切，楼里静悄悄的，没有一丝响动。莫非我们终于成功地跳进了超市的焚尸炉里真的死掉了？但我怎么还躺在这里，好像还活着，活在死后的梦魇中？

我躺在床上，努力忘掉这所有的一切，就在这时，我听到从走廊里传来的喊叫声。

"集合啦！所有人都带着自己的脏衣服，还有床单和被罩！"

这时候，大家真的醒了过来，怔了一会儿，随后开始收拾各自的脏衣服，抱着它们陆续走到屋外。

天气很好，阳光明媚。在建筑物前停着一辆巨大的卡车，车斗里有一大排洗衣机。我们在卡车前排成一队，开始洗各自换下来的制服。小侏儒凑到我的跟前：

"是不是不上班觉得缺了点什么？"他俏皮地问我。

"扛着你的棺材见鬼去吧！"我瞪了他一眼。

"今天是星期天。这种时候，大家通常先洗衣服，打扫卫生，然后继续上班。"

"星期天也上班吗？"我不解地问。

"为什么不呢！只有星期天，超市里的顾客才会最多。俗话说，星期天是名副其实的购物节！回想一下你的第一次采购！那种快乐妙不可言！用节日采购来欢庆美好的节日！因为我们的工作就像鲜花，第一次都在陌生顾客的坟墓上绽放！至少胖子是跟我这么说……"

"看来你们俩混得还挺不错的？"我用打探的口吻问他。

"每天晚上他都喝得酩酊大醉，十分伤感。经常，我躺在摆在食堂桌子上的棺材里早就睡着了，他突然掀开了棺材盖，把我捅醒，醉醺醺地跟我唠叨一直到天亮，他说他是多么地痛恨这所有的一切。"

"他痛恨什么？"

"他说日复一日，年复一年，连他自己都记不清了，这种愚蠢、可恨的工作他已经做了有多少年。他唯一的快乐就是酗酒，喝醉了之后，开始痛哭或唱歌。你根本想象不出来，这些天我夜里是多么地受罪！"

"他还说过什么？"

"没说太多。他只是说，星期天是最恐怖的一天，因为会有人山人海的顾客，能够让整个宇宙昏天暗地！"

洗衣机终于洗完了衣物,我们可以回到房间。

在食堂里,胖男人向大家分派了当日的工作。轮到我时,他附在我的耳边小声说:

"你今天将为一款很棒的商品做广告。小心一点,千万别再做出什么蠢事!"他狡诈地冲我挤了挤眼睛。

我来到走廊,等班车把我们送到不同的地方。今天的监狱显得明亮一些,刺目的光线沐浴了超市的每个角落。我们上了车,麻木地随着车身颠簸,后来,司机将车停在了收款台前。

"你到那儿去!"胖工头说,他让我到收款台的另一侧。

我爬了过去。这时候一个老太婆走到我跟前,把我带到一个像金字塔一样高的纸盒堆前。她离开了一会儿,随后拿着一叠广告单回来,开始往我的身上贴。广告单上写的内容跟堆在我眼前的纸盒上印的广告词一模一样:

> 消除记忆的海员牌饮料
> 喝吧,忘记吧!
> 自杀大减价!

老太婆用广告单把我包裹起来,只露出我的嘴和眼睛。

"现在你爬到纸盒堆的顶上,在那里为商品做广告!"她板着脸说。

我顺从地爬了上去,迟疑了片刻,然后开始卖力地吆喝。

"亲爱的顾客们!请来购买最新发明的最热销产品,最便宜,最有效,能像锤子一样地把人打蒙!喝了它后,你们可以永远地忘记自己此刻的处境,仿佛像豚鼠更换了大脑!因为,具有'消除记忆'特效的海员牌饮料能够让你们离死亡更近!快来吧,快来买吧,快乐无忧地畅饮吧!"

听到我的吆喝,顾客们刚一跨进超市大门,就不由自主地站住了,很快在我的周围聚集起了一大圈人。有一位老人大声地问:

"万一喝完之后我们什么都不能忘记,只是头疼该怎么办?"

"您用不着担心,我保证您喝了它之后会忘记掉一切,忘记您在哪里买的,什么时候买的,花多少钱买的,甚至会忘记自己到底有没有买过,至少您能够做到一点,忘掉自己到底是谁!"我从金字塔尖向他喊道。

"真的吗?"

"那当然!您可以买一瓶尝一尝!肯定不会后悔

的!"我肯定地说。

老人半信半疑地望着我,又看看我手里攥着的神奇饮料,意识到他不可能免费得到,于是拿起了一瓶,朝收款台走去,付了钱,回到我这里,打开瓶盖喝了一口。

"天哪,这也太难喝了!"他一脸苦相地禁不住喊道,之后想了一下,又喝了一口,然后抬起眼皮看着我,仿佛在喝世界上最苦的药。他又抿了一小口,重又抬头瞅了我一眼,然后突然瘫倒在地,饮料瓶从他手里滚落到一旁。

"你们看到了没有?"我俯身环顾骚动的人群,得意扬扬地大声说道,"你们只需要花这么一点点钱,这神奇的饮料就可以让你们从这里飞到无限!至今为止,还没有人喝过后说它不好;所有人都会用最美好的词语称颂这款奇效的饮品,当然前提是,只要他还能够记起点什么。"

人们先是将信将疑地围观,之后陆续行动了起来,抄起一瓶两瓶,去到收款台付钱,然后拎着瓶子回来,站在我坐在顶端的广告金字塔前一起喝掉。等到饮料开始发挥效力,他们接二连三地排队瘫倒,其余的顾客非但没有被这场景吓住,反而像是受到了鼓励,越来越多的人加入其中,争相购买这神奇的毒药。终于,生意开张了！出现了第一批推着购物车赶来的顾客，他们为自己、自己的家人和同事们大量购买，当然，他们主要还是为了给自己囤一些货，如同心意已决的自我毁灭者将一箱箱毒药搬上推车。在我的脚下，聚集起的人群越来越密，对商品的需求量也越来越大。

我的天啊！这些可怜的家伙们之所以要把自己往死里灌，就为了想要忘记这所有的一切，哪怕仅仅只忘掉几个小时，他们不在乎遗忘时间的长短，无论付出多么痛苦的代价都无所谓，只要能够逃离这里，他们毫不犹豫地抢购毒药，他们被银河超市的可怕广告轻而易举地洗了脑。

我困惑不解地看着他们，看着这场清醒得近乎残酷的集体自杀实验，我脊背上起了一层鸡皮疙瘩。我简直不相信自己的眼睛，他们竟这样地不假思索、万众一心、毅然决然地采取行动，哪怕只是在意念中暂时逃离这里，因为他们已经一无所有，谁都不再抱一丝希望，他们不相信这里的情况可能会在哪一天有所好转。

我又喊了几句广告语，但实际上已经没有必要，因为顾客们正以惊人的数量大批抢购，我脚下的巨大金字塔在迅速变小，变矮，消失。过了一会儿，有几位超市的工作人员开着电瓶车来到这里，将许多可怜的昏迷者抬到车上，因为他们挡住了运货通道。他们被运到超市的各个角落，堆在那里，看上去像是刚被人从"万人坑"里刨出来。

　　我忍不住心里的好奇，如果我也尝一尝会怎么样？事实上对我来说已别无选择，我不可能抗拒这个越来越强烈的念头。想来，这个被伪装成美丽超市的奴隶工厂，只是出于嘲讽才被称为"天堂"，事实上它存在的目的，只是为了逼迫这些被从凡世间的各个角落搜集来的灵魂成为乞丐，使他们为了能够遗忘而嘤嘤哀求。现在，仁慈的上帝到哪儿去了？他为什么不站出来说几句鼓舞人心的话？莫非他自己也喝了这饮料，试图忘记这个可怕的、由他自己发明的、一点都不完美的集体游戏？

　　在我眼前展现出一幅关于毫无意义的死亡的苦难画卷，这使我意识到一个比目前的现实更为可悲的事实：那个毫无人性地逼迫人类不断投入这场最终导致毁灭的游戏的上帝，这座灭绝人性的恐怖工厂的运营者，他本身就是这出游戏中最大的奴隶。

　　我坐到一个货箱上，心灰意冷地环顾四周，看这次成功的促销活动，看这场集体自杀的喜剧游戏，看这个令人欣狂的星期天购物节如何激情四射地疯狂继续。过了一会儿，我撕开了一个纸箱，从里面抽出一瓶。它看上去就像一瓶被包装成药剂的老鼠药，闪着令人作呕的棕色光亮。我打开瓶盖，一饮而尽。

这简直就是地狱！味道实在难喝得要命，里面掺放了某种令人反胃的糖精，试图遮盖那股烧焦了的橡胶的苦涩臭味。我又喝了一瓶。令人毛骨悚然！但是我越来越感到满不在乎，那是一种随波逐流、自暴自弃的轻松感。于是我又喝了第三瓶。这时候，我已经感觉不到那股可怕的味道。我低头望去，在纸箱堆的周围，又横七竖八、相互叠落地躺了一批昏迷者，随后，一辆铲车朝这边开来，开始将昏迷的死尸朝外面推，像是在推铲一堆连回收都无价值的工业垃圾，因为开电瓶车的工作人员已经无法忍受这股气味。

每个人都只想做一件事。尝一口！尝得越早，遗忘得越快，这场景实在令人震撼，人们从超市的各个角落朝这边拥来，生怕错过这次周末特价的环球旅游。

我感到天昏地暗，可怕的漩涡疯狂旋转。不出几个小时，超市的销售大厅变成了乌托邦主义者的自杀现场，这地方本身就恐怖至极。我再也无法继续忍受！我仰起脖子，把瓶子里剩下的最后几滴毒药也喝干净，之后，某种虚无、骇人的黑暗吞噬了我的大脑。我只是觉得，我突然软弱无力地瘫倒，连攥拳头的气力也都没有了。我的手逐渐不能动弹，我想要抓住什么，但身子失控地滚下来，滚到金字塔下其他的尸体中间，滚到刚才我还心怀厌恶俯视的地方,在那里不幸的家伙们越来越多,已经汇成了不幸的海洋,我变成了他们的一位兄弟,我也将最后的希望寄托于遗忘。

我喘不上气,被巨大的恐惧笼罩着,我感觉自己的眼睛失明。我的手颤抖,肠胃痉挛,头痛欲裂。黑暗中,千百万根银针刺入我的眼球。我的躯体变成了奴役我灵魂的垃圾袋,它唯一的用途只是:便于被人拎起来扔掉。

我躺在人堆下,更多的昏迷者倒在我身上,越倒越多,越压越沉。但是我已经什么都不在乎,只是等着,等着来人将我和其他的尸体一起铲走,只是偷偷地希望被一场大火烧掉,被永远地碾成肉泥,或被人打得脑浆迸裂,以终极的死亡从这里逃离。

## 第十一节

我漂浮在冰冷的水里,有人把我往下压,从上向下,越压越深。我们像是在一个管道里,在一个无底的深井里,被压在我身下的人数以千计,漂在我上面的也越来越多,把我逐渐往下压,压到这个密度越来越大、长度无限的死尸柱里。

后来,眼前的画面开始褪色,我感觉到有谁在摇我的胳膊。我睁开眼睛,看到胖男人一脸惊恐地站在我跟前。

"谢天谢地,幸好你还没有被可怕的毒药毒死,你疯了吗?快点起来,跟我来。赶快清醒一下,定定心神,部门经理在等着你呢!"

我感觉自己的五脏六腑都灌满了毒药,头痛欲裂,连眼睛都不能持续睁开,不敢动弹,生怕一动就会呕吐出来。我试着站起来,但浑身都像灌了铅似的。胖男人搀着我从床上爬起,这时候我跟他打了一个手势:快,赶快去厕所!在那里,我跪在马桶前剧烈呕吐。我把脑袋伸进了马桶，试图呕出海员牌毒药。我呕得肠胃翻转，呕出了肚子里能呕出的一切，当我已经实在呕不出了什么，五脏六腑仍痛苦地痉挛。

"咱们走吧，镇定一点！快点，他们在等着你呢！如果你去晚了，将会遇到大麻烦的。"

我抬起头来望了他一眼，想要直起身子，但身体反而躬得更加厉害，我只能将注意力集中到内脏的痉挛上，仿佛这副身体不属于我。胖男人一把将我拽起来，拖到淋浴喷头下，拧大龙头用冷水浇我。我麻木得什么都感觉不到。我直勾勾地盯着前方，在心里已经做好了准备，等着他们为了惩罚我为毒药做广告而把我送到地狱的更深处。

胖男人把我从淋浴喷头下拽开，为我擦干身体，帮我穿上衣服，然后我们一起转身出发。我俩沿着长长的走廊和台阶默默前行，最后来到一间宽敞明亮的会议室，在那里围着一张茶几摆着一对白色的单人沙发和一张沙发床。胖男人让我躺到沙发床上休息，然后冷冷地瞥了我一眼，转身出去了，把我独自留在了那里。

突然间，在我躺着的沙发床后，一扇大门被猛地推开，有人从里面冲我喊话，叫我进去。我试图站起来，但是浑身无力，我从沙发床滚到了地板上。又听到有人叫我，但我还是动弹不得。

时间在无助的、折磨人的寂静中过了几分钟,之后有一个身穿白色透明衣服的女人出现在门口。面孔熟悉,但我一下子想不起来是谁。噢,没错,是那头母牛!那个疯狂的水果女王!总经理!乳房冠军!我这下完蛋了!她把我叫到这里做什么?

她几步走到我的跟前,用手抚摸我的脸,然后把我抱了起来,扶进里屋。这间高大敞亮的大厅建在商厦的屋顶上,四周的墙上开了一圈巨大的窗户。原来这个可怕的女巫在这里工作,每天她就从这里指挥施虐,从这里宣布处罚,决定某个人将受多少罪!在房间的中央有一张宽大的写字台,写字台的对面是一张巨大的皮沙发。我们磕磕绊绊地走到那里,我一屁股坐到沙发里,她则坐到写字台后。

"我亲爱的自杀者!你为什么想不惜一切代价地毁掉自己呢?你只是为了不想成为我的人,对吗?可事实上,这里的一切都是我的,只要我想得到什么,那么不管怎样我都会得到,这你知道吧?!"

"你是一个虐尸的变态狂!你把我弄到这里做什么?你要处决我吗?"

"哦,那怎么可能,你可是我的小可爱!所以我想让你晋升一级!"

"晋升到地狱?!"

"在你的工作小组里，你完成任务的情况最为出色。你卖掉了所有的东西，连不可能卖掉的也都卖掉了，你总能在绝境中找到出路，事实上，你没给公司带来任何的麻烦。唯一的问题是，你用卑鄙的手段试图对公司负责人施暴。"

"你说什么？明明是你对我施暴，你这头母牛！你在胡说些什么？"

"哈哈哈！在这里，写报告的是我，你没有必要为这个跟我争论！我们最好还是继续进行这个小小的商业谈判！按照惯例，新到的小组工作一周后，我总会从中选出一位能够晋升的人，对他来说这是巨大的幸运，他从此可以不再直接在超市里劳动，而是出任'专项产品经理'。他会得到一套更大的公寓，工作环境也随之得到大幅度的改善，他的工作时间也相对能有一些弹性，最重要的是：如果能够出色地完成任务，他还可以在公司的管理层中继续晋升。你们小组的其他成员继续留在原来的岗位，他们以后不会有像你这样继续晋升的机会……如果你不想接受，那也没有关系，你现在可以马上回去完成今天指派给你的新任务，如果我没有记错的话，你将为一百箱鸭蹼配对，同时还要负责产品宣传与销售。你想干这个是吧？"

"哎哟……千万别……"我一听给鸭蹼配对，我的脑袋立即炸了。

"那么,这么说你接受了?我的宝贝?"

"但是,你让我负责什么产品?让我当橡胶皮靴的经理吗?"

"你回头会得到指定负责的专项产品,但你必须想出经销方案,如何能够尽可能多地卖出去,尽可能多地挣到利润……"

"尽可能多地挣到利润?!你这是中了什么邪?你已经拥有了一切!"

"但是我心爱的,你应该知道,对我来说最大的乐趣就是工作,我是一个工作狂!这个游戏非常好玩,我相信你肯定也会喜欢上的!喏,你接受不,我的小猫咪?"

我顿时语塞。我的确想象不出有什么还会比我在这头一个星期里经历的一切更糟糕。无论发生别的什么,都只有可能比这个好,比这可能存在的最恐怖的奴役,比这个最令人厌恶、时刻不停地为了兜售可怕产品而进行的生死挣扎更好!想来,那是一个死人为了丧失了意义的苟活所进行的最令人绝望的拼搏。

这时候我猛地意识到,西瓜女妖紧贴着我站在我跟前,抓住我的手,面带微笑地把我的手塞进她的衬衫下。水缸!这个词闪现在我的脑际。巨大、柔软的水缸！她把我的手攥得越来越紧，开始在她的胸脯上移动。我试图把手抽回来，但她用力地往回拽，之后，她开始将她的大腿根往我的膝盖上蹭，继续微笑，微笑，微笑。

"我们能成为很好的同事，我亲爱的！你这个勇敢的小斗士，你是一个能够战胜任何阻碍的男子汉；我是万能的天堂母亲，我能够孕育一切，因为宇宙万物都诞生于我的体内！"

我感觉我马上就要开始呕吐。我想要逃开，但我有气无力地躺在巨大的沙发里，像砧板上的肉。她坐在我的大腿上，就像一只发情的猫发着低沉的喉音在我身体上所能存在的各个侧面不停地擦蹭，然后脱下了衬衫和胸罩，用两只大西瓜冲我微笑。我想垂下我脑袋找个地缝钻进去，但是她猛地抱住了我，把我的脸埋进她深深的乳沟，她把我整个人紧紧搂在了怀里，就像搂一个死掉的婴儿。出于惊恐，我开始浑身打颤。她再次抚摸我的脸，后来，当她意识到我的反抗情绪马上就要爆发，立即明智地站了起来，她把我从长沙发上拽起来，带我一起朝一扇门走去。

"亲爱的，我给你准备了一样礼物。我只想要你知道，你对我来说是多么的重要！"

她朝办公室的另一扇门走去，打开门。里面有一个巨大的水池，池子里堆满了各种水果蔬菜。水里，水池旁，到处都是香瓜、西瓜、葡萄串、苹果、梨、红果、桃、番茄、青椒、黄瓜、李子、南瓜，堆成了一座芳香的小山。她挎住我的胳膊，带着不可抗拒的意志把我拽向自己。她，不仅是我天堂的奴隶主，还是一位神圣的婊子。

她对我表现出的无尽温柔，让我感觉到天旋地转，但我身软体麻，束手无策。从现在开始已经没有逃路，我们走到水池边，我顺从地倒在巨大、漂浮的果园里。没过多久，母神就沉醉在脱衣的喜悦里，她扭着笨重的躯体试着跳舞，之后摆脱掉了身上的所有布片，像一头巨大的母象扑通迈进了池水里，带着无可遏制的危险向我游过来。

她漂在水面，看上去像一位水果女神。她本身就是成千上万的西瓜、苹果、梨、葡萄和樱桃，她本身就是一座漂浮的果园，死亡面孔的生命面纱。池水很浅，我浑身无力地将胳膊撑在水池底，无助地盯着这头正在向我游来的鲸鱼，只能听天由命。她用那对想要让我窒息而赐予我新生的、能让沙漠长出丰硕果实的乳房拥抱我，并且扼杀了在我头脑中生出的所有仍还记得、令我心悸的恐惧。

她用轻柔的动作和优雅的缓慢伏到我的肩头上开始

嘤嘤地抽泣，在巨大商厦的顶层，我作为这头施暴母象的橱窗玩具，手足无措地瑟瑟发抖，在那里，我的使命、我的存在、我的未来不是别的，唯有痉挛，痉挛，无与伦比的剧烈痉挛。我开始紧张焦虑，痉挛有如一只救生圈把我变成了一条痛苦交媾的野狗，一根将使一条濒死的生命重生的海绵体器官。

她扑到我身上，把我压在身下，像一辆满载货物翻倒的汽车，在我们身下漂浮、游动的果园为这晋升的庆典增添了节奏，硕壮的母神伏在我的身上低声喘息，痉挛地抱住我；我再也看不见沐浴在阳光中的美丽果园，只能看到挡住了宇宙万物的肥肉。

后来，她越过我的头顶伸手抓住一瓶蜂蜜和一把核桃。她把核桃仁放到我的头顶，然后浇上蜂蜜，兴奋地微笑着伸出舌头把它们吃到嘴里。之后她冲着我嘎嘎大笑，十分享受地跟我做了一个笨拙的鬼脸，将剩下的蜂蜜挤到她的乳房上，她在我的头上晃过来摇过去，口水横流，终于将摆在我头顶上的最后几粒核桃仁也吃到了嘴里，她的眼睛已经不再睁开，只是浑身哆嗦，如同一条被刺中心脏的濒死鲸鱼，就像一头遭受电击的古老动物，随着周围激起的巨大浪花她慢慢平静了下来，就这样漂着，漂在水面。漂在南瓜中间，她自己就像一个南瓜；漂在西瓜之间，她自己就像一个西瓜；番茄、桃和青椒在她的背上漂浮，看上去就像一座活着的菜园，平静得像一个不可能被杀死的巨大生灵，它在自己身上种植好新的水果之后，只是想要休息一下，重新积蓄新的力量，将要孕育新的生命，它满足而平静地返回到自己庞大的帝国，回到波涛起伏的浩瀚海洋。

## 第十二节

　　就在这天晚上,他们把我搬到了一个新的住处,那是一套两室的公寓。在前厅里,立着两只饰满塑料鲜花的巨大搪瓷花盆,旁边摆放着白色厚绒布拖鞋和绿色的浴袍,衣柜里挂着西装、衬衣、领带。客厅里有一台宽屏幕的大电视,墙上挂着收音机和立体音响。在花卉图案的地毯上,摆着一张粉红色皮革面的双人沙发和一对单人沙发,卧室的墙壁是浅绿色的,正中央摆着一张宽大的双人床。

　　卧室的窗户开向超市正对面的一座娱乐城,在灿烂的阳光下,娱乐城看上去破败不堪,摇摇欲坠,就像一个早被敲掉所有的牙齿、被砍断了四肢的巨人,残留的躯体也被时间蚀得千疮万孔。不管眼前的景象是多么的可怕和乏味,但也要比前一个没有窗户、墓室气氛的房间要好得多。

　　我躺到双人沙发上打开了电视。一位容貌美丽、表情空洞的女人正在展示一个小盒子,随后一行巨大的字幕遮住了她的脸:"天使润肤膏,永葆青春的秘密!"我关上电视,躺下,睡着了。

第二天,我被一阵敲门声惊醒。爬了起来,过去开门。一位二十岁上下、面容娇美的金发女郎站在我跟前。

"早上好!我是您的私人秘书。我想带您看一下您的新岗位!"

"你为什么不介绍一下自己呢?怎么没有了可怕的音乐和食堂里的早餐?"

"作为产品经理,您可以自己从收音机或电视里选择音乐,在这层楼里有一台自动食品领取机,您可以根据自己的口味选择沙拉、汤和蛋糕。您想吃多少就可以吃多少,但是现在咱们必须抓紧时间,您要赶快收拾一下,我在门口等您!"

我痛痛快快地冲了一个澡,然后查看了一下衣柜,选了一件白色衬衣、深蓝色西装和一双黑皮鞋,穿戴完毕,我跨出了家门。姑娘在门外耐心地等我,她用手给我指了一下方向。我们走到长廊的尽头,她又朝一扇门指了指,把它推开,招呼我进去。

办公室感觉像一座仓库,里面摆了一张几乎占满整个房间的大办公桌,还有两把椅子和电话。办公桌后坐着一位五十岁上下、戴眼镜、穿西服的秃顶男人。

"怎么样，休息好了吗？"

"有什么紧急的工作在等着我？"

"你给我好好听着！你虽然逃离了最底层的劳动，但并不意味着从现在开始你不用再努力地工作了！恰恰相反！我们现在只是给你一个机会，假如你确实能够取得比别人更好的销售业绩，那样你才有资格在比较舒适的环境里生活和工作。但是，你不要以为在这里你可以揣着两手无所事事！别他妈的做梦！"

"可是，你他妈的是谁？"我也毫不客气地问。

"你给我小心一点，注意点跟我怎么说话，要知道我是你的上司！你的一切都攥在我的手心里，你的未来如何，都将取决于我给你写的评语！我可以把你送回到超市去嚼避孕套，也可以把你变成装点花园的小矮人，或者把你当成狗粮拿去喂狗，但也说不定会让你在天堂的官阶上继续晋升。"

"假如我能卖掉所有派给我的垃圾，是不是有朝一日我还可以当上这里的上帝？"我摆出一副不以为然的姿态。

"几天之内，你不变成濒死的畜生就该谢天谢地了。别再傻乎乎地做梦了，还是振作起精神准备工作吧，因为今天不会是轻松的一天！你看到这些盒子了吗？你知道里面装的是什么吗？是我们最新开发出的两款新产品，两个小泥人，它们是一对！一个是美丽的小雪人，另一个是更美丽的金发小天使！圣诞节马上就要到了，那是一年里的销售旺季，我们必须尽可能充分地利用好这个节日！你把这些盒子夹在胳肢窝下，能夹多少就夹多少，然后挨家挨户地去上门推销，直到你把所有的产品卖掉为止！如果你没有本事把它们卖出去，那么你从哪儿来的，就给我滚回到哪里去！"

他抓起一个纸盒子，打开盒盖，从里面取出一个小纸包。那是一个透明的、印有绿色圣诞树图案的尼龙纸包，里面包着一个呆头呆脑的小雪人，一手拿着胡萝卜一手攥着扫帚，旁边是一个胖嘟嘟、大乳房的金发小天使。

真他妈的该死！等一会儿要我拿着它们冲着形形色色的倒霉鬼咧嘴赔笑，试图说服他们买下这两个愚蠢透顶的小白痴？世界上会有哪个傻瓜需要这两个毫无用途的泥娃娃呢？

"给你个背包，你把它装满，然后去完成你今天的销售任务。你可以到超市对面的水泥板塔楼里寻找你的顾客。好好说服他们！你还有什么问题吗？如果没有，那就出发吧，下午我等着你汇报工作进展！每天下班后，你都必须向我汇报你的销售成绩，我们会跟踪检查你每天每周的工作进展情况！"

女助手取出一个巨大的背包递给我,我往里面装满了泥娃娃,然后把背包挎在脖子上。这时候,她为我推开了屋门,我企图把手伸到她的裙子下,但她把我的手推开了,陪我走到大门口。

"您往那边走!"她朝板楼那边指了一下。

我走到屋外。天气很冷,背包沉得要命。我步履艰难地走在超市与塔楼之间,穿过一片大得感觉没有尽头的停车场,最后终于来到第一栋像废墟一样破旧的灰色水泥板塔楼前。这栋楼至少有三十层,大多数窗口是黑洞洞的,窗玻璃破碎,只有几扇窗户熠熠闪光。楼门用厚铁板制成,旁边的墙上装有门铃。我先按一号的门铃,发出叮铃叮铃的回响,但是没有任何人应答。我又按了一遍,这时有一块瓦片摔在离我只有几厘米的脚边。我再按二号。还是没有人回应。我又按了一次,忽然啪嗒一声,门锁打开,我赶紧推门走了进去。

楼道里漆黑一片。迎面扑来一股令人作呕的尿臊、粪臭和霉腐的气味。我摸索着在墙上寻找电灯开关,但是没有找到,只好摸着墙壁往楼梯上走。过了一会儿,我终于看到一扇过道门,推门进去,来到一个狭长的走廊,左右两边是公寓的房门。我按响第一个门铃,一位老妇人打开门。

"您好,老婆婆!我给您带来了一对美丽的圣诞娃娃，一个小天使和一个小雪人，如果没有它们，上帝的祝福就不会降临到您的圣诞树上！它们非常便宜，非常好看……"

老妇人突然抽出一把藏在背后的火镰枪，对我发起攻击。等我反应过来后退一步，手中的两个娃娃已经掉到了地上，摔得粉碎。她猛地撞上了房门。实在太可怕了，我心里一惊，之后稍稍镇定了一下心神，又取出两个新的泥娃娃，按响了下一家的门铃。过了很久，门才打开，一个胖男人穿着一身破烂的绒衣满脸狐疑地看着我。我重复了我刚才说过的话，但是话还没有说完，房门就砰地撞上了。

我并不气馁，接着按响了第三户的门铃。寂静无声。我又按了一下。没有任何响动。正当我准备继续往前走时，一个瘦骨嶙峋、掉光了牙齿的老太婆穿着一件破烂不堪的透明睡衣打开了房门，出现在我跟前，透过睡衣，可以看到她那条又脏又破的内裤。

"小伙子，有什么新闻？"她用嘶哑的嗓音大声问我。

"小天使来了！"我暗吃一惊地小声应道。

"真的吗？让我看看！小家伙？"

我掏出一对泥娃娃拿给她看，并且顺口编了一个关于它们的童话，暗中希望她能够心软，买下它们。她突然伸手攥住我西服的袖口,把我拽进屋里,顺手撞上了身后的房门,站在我面前。

"告诉我,小家伙,是不是你自己就是天使?你是多么可爱啊!想不想稍微休息一会儿?"她殷勤地问。

"我怎么可能休息呢!今天的工作刚刚开始,我还有几百个这样的泥娃娃要卖!请您有话直说,您对我的泥娃娃感不感兴趣?如果感兴趣,那就请您买下一对,如果不感兴趣,那就请您放我出去!"

"哈哈哈!既然你已经进来了,想要逃走可没有那么容易!"

她突然转过身,拔出了插在锁眼里的钥匙,迅速塞进内裤里。哎哟,可不要这样!我该拿这个欲火难填的老巫婆怎么办?上帝有眼,救救我吧!现在警察、急救人员、医生、护士、消防队员,那些可能救我的人都跑到哪儿去了?

她脱掉了睡衣,在肮脏的厨房里迈开了舞步。我故作镇定地走到她跟前,用威胁的语调警告她。

"你听我说,你这个老巫婆!赶紧买下我的娃娃,然后放我出去!我没兴趣在这儿哄你开心!"

"你真没有兴趣,是吗?没关系,等一会儿你就会有的!过来坐下,先尝尝我煮的豌豆粥,尝一口吧!"

她穿着自己仅有的一条脏裤衩,半裸着身子冲我微笑，钥匙从她的裤衩里露出头来望着我。我看着她那两根枯柴棒似的细腿、圆鼓鼓的小肚子、两只干瘪的乳房和因为没牙而扭曲变形的脸。现在我该怎么办？这个老女人需要的不是圣诞娃娃，而是需要小侏儒卖的铁皮棺材！

"请您把门给我打开！我送您一对娃娃作为礼物，只是请您放我出去！"我用央求的语调说。

老太婆只是咧嘴微笑，可怕的脸上浮现出狡诈的色相，皮肤上泛出许多红斑，两手瑟瑟发抖，看得出来，她根本不想放过这个机会。哦，水果女王，你这该死的婊子，又把我送进一个怎样的地狱？我被关在了这里，跟一个老妖精一起，我即使卖自慰器她也不会要，现在她想要的只是我？！我跪倒在地上，再次试着央求她。

"求您了，赶快把那该死的钥匙掏出来吧，把门打开，快放我出去！求您，求您！求求您了！！！"

这个古怪的家伙突然狂笑起来。

"怎么，害怕了吗？你这个可怜的小家伙。在这里，在天堂里你还有什么可怕的？你这个小白痴，今天你就待在这里哪儿别去，好好陪我玩一玩！"

她点燃一支香烟，打开餐柜，拿出一瓶海员牌饮料和两个酒杯，然后冲我微笑说：

"过来，小家伙，陪我喝一杯！晚会已经开始了！

哈哈哈!"

我感到一股无奈的怒火。我一跃而起,一把从她手里抓过杯子,用尽全身气力狠狠地砸到她的脑袋上。她呻吟了一声倒在地上,抽搐了几下,很快变得悄无声息。她一动不动地躺在血泊里,躺在黏糊糊的厨房地砖上,没有牙的嘴张成一个黑洞,眼睛直勾勾地盯在空中。

现在我该怎么办?如果被人发现,将会发生什么样的后果?作为惩罚,他们会把我凌迟碎挂?也说不定会把我丢给饥饿的疯狗?或把我交给世界上最变态的顾客们遭受二十四小时的凌辱?也许,我在天堂的老板们并不在乎手段,只在乎结果?

我开始查看厨房里的餐柜。里面摆放着掉瓷裂缝的盘子、杯子、勺子和烟灰缸。

我离开了厨房,来到门厅,拉开衣柜看了一眼,里面除了酸臭发霉的烂衣服外,别的什么也没有。我冲到房间里,拉开一个个抽屉,把床上的东西也翻了个遍,甚至看了地毯下面,但是什么也没有。我瞅了一眼挂在墙上的年历,一个肥胖的小天使正攥着一片菩提树叶冲我微笑。我恼羞成怒地冲过去揍了它一拳,年历飘到了地上,掉到我的脚前。

这时候,我看到在年历的背面粘着一个大信封。我打开信封一看，里面装了厚厚一沓钞票！这个倒霉的穷鬼！她吝啬地攒了一辈子的钱，结果自己什么也没有享受到，只靠香烟和可怕的海员牌饮料活着！

我把信封撕下来，揣到口袋里，把尸首从厨房拖到房间里，把她抱到床上，从裤衩里掏出钥匙，然后把粉红色的睡衣重新套回到她的身上。我从口袋里掏出小天使和小雪人，装点在她的卧室里。我把它们摆到茶几上、窗台上、角落里的床头柜上、椅子上、床上，以及她的头上和身体上，最后我在她的头顶用剩下的泥娃娃摆成一个美丽的光环。

我拎起已经空了的背包，用钥匙打开门锁，走了出去，然后将门锁上，匆匆地离开。我跌跌撞撞地走在黑暗的楼梯井里，一脚踹开铁门，脚步匆忙地走出了公寓楼，将钥匙扔到了远处的一片灌木丛里。

我很高兴，终于在自己新的工作岗位熬过了第一个工作日。钱挣到了，小天使和小雪人们也都到了它们该到的地方。也许我的销售方式不合规矩，但是谁会计较这个呢？对那个可怜的妇人来说，或许这是最好的结局，用不着继续遭受折磨，这些钱她反正也不会花掉，我至少为她做了一次浪漫的诀别，她只需花这么一点点的钱，就可以跟小天使和小雪人们一起永远地飞向圣诞节的天空。

我渴望宁静,需要休息。我舒适地躺在浴盆里,洗掉身上的血迹、污垢和汗水,以及那个世界的所有味道,我要好好地睡上一觉,忘掉这座该死的地狱般的天堂。

## 第十三节

有人敲门,我把门打开。漂亮的助手笑嘻嘻地站在门口,手里端着一盘丰盛的早餐。

"我给您送来了一份早餐!"

我睡眼惺忪、只穿着一条内裤站在她面前,挠着头皮。她穿着一条短得已经不能再短了的超短裙,上身是一件绷得已经紧得不能再紧了的红衬衫,脚蹬一双高筒白皮靴。

"我真高兴,我们终于可以一起用早餐了!"我边说边招呼她到客厅里去。

"我们在办公室里等着您!"她说,随后将盘子递到我的手里,转身出门。

我把门关上,将餐盘放到客厅的桌上,打开电视机。屏幕上,欢乐四射、打扮时尚的俊美青年们在欣狂地舞蹈,手里攥着从天上掉下来的奶瓶,争先畅饮。我看了一眼餐盘,盘子里也是一瓶牛奶,旁边是一碗燕麦片和一块炸肉排。我抓起瓶子,将牛奶洒到浅色的地毯上，然后将吃的东西倒在旁边，关上电视，走进厕所，坐到马桶上。一大团粪便从肠子里泄出，我顿时感到如释重负，那种快活、怡然的感觉就像广告片里的那些攥着奶瓶跳舞的年轻人。我心里嘀咕，他们到底怎么拉屎？他们是否能够接受这种意识，在他们俊美的身体里积聚了那么多恶臭的秽物，需要把它们拉出来？这里怎么就没有人会想到发明一种除粪机？要知道，这样的伟大发明能够让一个人眨眼之间当上总经理！

我洗漱完毕，换上衣服，朝办公室走去。在走廊里的自动食物领取机前，我从机器里取出来一碗汤，送到嘴边，既没有香味，也没有滋味，我一饮而尽，继续往前走。

秃头上司和漂亮助手坐在办公室里等着我，他俩快乐地相视一笑。有的时候，有的事情最好还是不知道为好。

"怎么，你已经休息好了吗？"

"哦，从凌晨开始，我就在脑子里盘算发展业务的事。"

"真的吗？想出了什么好主意？"秃头上司漫不经心地问。

"我在想，我们或许应该尽快生产一种有两个屁股的小雪人，那样一来，肯定能让我们的销售额翻上几番。"

"两个屁股？为什么？"

"人不是一台完美的机器，肚子里装满了屎。包括你，你的女助手，我也一样。如果小雪人能有两个屁股，那么会给顾客们造成这样一个印象，这个用天使般的白雪堆成的小家伙能以加倍的效率排清秽物。

"你真是个疯子！"

"你为什么不敢尝试新鲜事物呢？难道你认为这些乏味至极的小泥娃娃能够卖上一百万年吗？！"

"当然啦！人啊，全都是些蠢货，他们回头会买的，不信走着瞧！不过，这并不排除我们做些新的尝试，为什么不呢？我们可以用一个好玩的、两个屁股的圣诞娃娃给他们带来惊喜，不是吗？一旦真的成功了，那么我们可以在这'另一个世界'里的其他监狱推广销售，甚至有一天，我们可以掀起一个'用你的两个屁股使天堂变得更加干净'的群众卫生运动！人们已经厌烦了传统的产品，他们需要那些别出心裁、能让他们惊喜并微笑的东西！"秃头上司说，随后又问，"昨天的工作顺利吗？"

"非常顺利！我卖掉了所有的产品！"我得意地回答。

"这你是怎么做到的？"

"我说服了一位顾客,让她相信如果她买下我的全部货物,那将是她一生中最划算的一笔买卖。于是她全都买了下来,现在她将以翻倍的价格转手出售。"

"出售?"秃头上司冷笑了一声,"你先用一只玻璃瓶砸到那个倒霉女人的脑袋上,然后把她装饰得像一棵圣诞树,在这之后,她还能出售?出售个屁!"

我听了他的话后倒吸一口凉气,原来我的一举一动都在他们的监视之下,但我还是硬着头皮狡辩:"她应该感谢我才是,我已经把她送到了另一个新的天堂!但我不明白这是怎么回事,怎么顾客能死,而我们不能?我听人说,在这里已经不再有死亡,人类从这里无路可逃……"

"一个人不管留在这里,还是去到别的地方,情况都是一样,不会有任何本质的区别。如同安息一样的死亡是不存在的,每个人死后都必须工作,或卖或买,直到永远,不同的世界只是舞台背景不同而已。"

"这么说,假如我能在很短的时间里卖掉所有可怕的圣诞节饰品,那么我所能抱的希望也顶多是,以后我可以不在塔楼里推销这两个小傻瓜,而是扛到阳光海滩上去卖?"

"没错,是这个意思!"

"如果我能发明出一个确实举世无双、能够带来惊人收益的垃圾玩意,能够把这个公司变成宇宙顶级公司,把你变成一个能够改变世界的优秀经理,那么你们能不能放我离开这个地狱?因为我始终只抱一个愿望,就是离开这个恐怖的、制造垃圾的奴役中心回到地上,那里的情况要比这里强得多!"我跟他讨价还价。

秃头上司并没有回答,而是哈哈地大笑起来,让我不寒而栗。我迟疑了片刻,然后将我的背包装满,转身走了。在一望无际的停车场上,刺骨的寒风吹到我脸上,我直勾勾地盯着远处林立的水泥板塔楼迈步向前,心里紧张地安慰自己:用不着担心,这里会有足够多的顾客。我从一号楼门前走过,决定在二号楼试试我今天的运气。

这栋楼的大门也同样是一扇高大的铁门。我按响了门铃。没有人回应。我又按了另一个按钮,耐心等待。还是没有回应。我接着再按第三个,第四个,第五个……依旧没有任何回应。我不耐烦地等了好一会儿,然后开始胡乱按响所有住户的门铃。我一边按铃,一边恼火地踢那扇铁门,后来,楼门突然被拉开了,一个头发乌黑地梳向脑后、五官塌瘪的男子出现在我跟前,他穿了一件跨栏背心、一条绒裤和一双沙滩拖鞋,盯着我问:

"你找谁?"他的语调平静。

"找您啊！我给您带来了非常漂亮的圣诞娃娃！"我装出一脸兴奋。

"你是推销商吧？"

"是！"

"请进！"

他把我请进光线昏暗、臊气刺鼻的楼梯井里，我跟着他爬到第三层，他用钥匙打开一道铁栅栏门，之后又打开一道巨大的黑色铁门，客气地把我请进房内。

墙上的灰色墙纸几乎剥脱了大半，地板上堆满了垃圾，从房间里涌出一股令人作呕的臭味。客厅里摆着两个十分丑陋的棕色沙发，一张沙发床，一张茶几，放在墙柜里的电视机开着，在对面墙上靠着许多根铁棍，铁棍上面挂满了人头。整个房间看上去就像一块巨大的坟场，无数颗人头从早到晚地盯着电视，看无数令人开心的广告，许多俊男靓女。这家伙到底是怎么回事？他不喜欢一个人看电视？或许我将成为下一个牺牲者，我也将从那个角度不分昼夜地看电视？说不定那也不是什么坏事。

"不要害怕！这些都是顾客！我只杀顾客，从来不杀推销员！我自己也是一名推销员，跟你一样走门串户地卖东西，我知道，卖东西的人不可能是坏人！我们的工作是世界上最艰难的工作，需要渊博的知识和顽强的毅力，顾客全都是该死的畜生，既挑剔又吝啬，要想说服他们买一样东西是那么的难！"

我环顾一下四周。浑身的血液全都凝固了。我眨着眼睛点了点头，随后他向我打了一个手势，我们坐了下来。

"请告诉我，你为什么要杀死这么多的顾客？这样下去，不会再有人买任何东西了！"我疑惑地问。

"我之所以杀死顾客，是因为他们死了之后，灵魂会转移到杀死他们的人身上，会使我变得更加强大！我昨天砍死了一个女人，她的头现在挂在这一排最后的位置，我刚做了一顿饭以示庆贺。"

"你在哪儿遇到她的？"

"她在塔楼附近散步。但绝大多数顾客都是我在超市的厕所里逮住的。我砍下他们的脑袋，放进一只塑料袋里，然后把它们扛回家。"

"那他们的身子都在哪儿？"

"我吃了。味道不错，尤其是大腿部的肉。你要知道，我的坐骨神经经常疼，如果我吃了他们的大腿，那么我的疼痛就会缓解一段时间。"

"你也会砍下我的脑袋吗？"

"怎么会呢，我想都没有想过，因为咱们是同事！甚至，只要有什么我能做的，我很愿意帮助你。你带来了什么?"

我掏出来一个小天使和一个小雪人,他伸手接了过去,随后忍不住笑了起来。越笑声音越大,最后笑得捶胸顿足,前仰后合。

"这是什么愚蠢的玩意!呵呵呵……我笑得已经喘不过气来……我笑得都快憋死了……哈哈哈……这真是垃圾、破烂……你啊……天哪,哈哈哈……这是哪个白痴想出来的主意……"

"我的上司!"

"哈哈哈……你的上司……哈哈哈……逗死我了……哈哈哈……"

我耐心地等着,一直等到他笑够了,等到他终于平静了下来,我问他道:"你不买一两个吗?"

"我可以把它们全买下来!这两个小东西实在太丑了,丑得美丽!回头我会用它们勾引新的牺牲品,哈哈哈!"话音未落,他的表情突然变得严肃,沉默了片刻之后认真地说:"但是有一个条件,只有在你诚心诚意地参加完我今天的祭祀仪式之后,我才会从你手里买这些垃圾!"

"参加什么仪式?"

"今天,我将向顾客们的死魂展示繁殖力的宗教仪式!你要知道,我读到一本书,我在那本书里发现了各种各样令人兴奋的事情。每天的日常生活实在让我感到无聊，所以我有了一个小小的嗜好……"

他站起身来，走出了客厅，几分钟后他打扮成一副厨师的样子回来了，手里拎着一只不小的煤气罐。他把煤气灶立在客厅的中央，又走了出去，过了一会儿，端进来一只巨大的、盛满了水的平底锅放在了煤气灶上，点燃了灶火。

"你的任务是，把那些脑袋从棍子上逐个摘下来递给我。"

事已至此，我别无选择。我要么帮助这个拿人肉做实验的疯子，要么就离开这里，到外面去喝西北风，直到天黑也卖不出去这些货物。话说回来，鬼知道我能否肢体完整地离开这个新熟人的家。我捧住一颗人头，把它从铁棍上摘下来，递给他。他低声地嘟囔或哼唱了一句什么，然后骂骂咧咧地将那颗人头扔进了锅里，然后用汤勺往锅里浇了两勺冷水，随后攥着头发把它从开水里拎出来递给我，冲我大声念起了咒语。

"舒米——舒米——布米！把你的弟兄们都带来吧！舒米——舒米——布米！把他们带到我这里！舒米——舒米——布米！他们都会获得新生！舒米——舒米——布米！他们会获得新的活力！"

这家伙绝对是一个变态的狂人，一个在塔楼里变疯的魔法师,超市地狱里"最后的莫西干人"。他把脑袋还给我,打了一个手势,让我把它挂回到原处,然后等着下一颗人头。

他逐个将每颗人头都在锅里烫了一遍,嘟囔,哼唱,骂骂咧咧,等终于处理完最后一颗,他走出房间去到厨房,随后拿着几根胡萝卜、几个洋葱头、菜花和蘑菇回来了,他把蔬菜扔进巨大的平底锅内,兴奋地用汤勺在锅里搅动。他又去到厨房,取来了一瓶海员牌饮料,把里面的内容物倒进汤里,再往里啐了几口唾沫,粗着嗓门叫嚷了一阵,然而掏出阳具,往锅里拉尿,并以这种排泄行为结束这个特殊的宗教仪式。

"好啦,朋友,午饭已经做好了,我们可以用餐了!"

什么?这个变态的狂人,难道他真想让我吃这份恐怖的午餐?让我喝他撒了尿的人头蔬菜汤?同时我也清楚地知道,想从这个鬼地方逃脱,做梦都休想!他注意到我脸上流露出的厌恶感,于是转身出去,拎着一把锋利的板斧回到客厅,轻轻地放到自己的手边,然后一脸狡黠地冲着我微笑。

我没有其他选择,一脸苦涩地报以礼貌的微笑。他舀了几勺人头骨汤,分别盛在两个汤盘里,旁边摆上勺子,我们开始一声不响地用勺子喝汤。味道古怪,像是用死耗子熬的、带着些碎肉的陈年泔水,但我已经顾不了那么多了。在此之前,我是那样地渴望死亡,然而现在,面对这斧刃闪闪的欢迎仪式,死亡已经丧失了诱惑力,因此,我最好还是识时务吧,低着头陪着他,一声不响地一勺勺地喝汤,跟这位"准客户"共进午餐。这家伙喝得津津有味,看得出来,与其说他享用这恐怖的肉汤,不如说享受这怪诞的情景。

"再喝一点吧!"他微笑着劝说。

"谢谢,我真的已经饱了。"我也微笑着回答他。

他又朝板斧瞥了一眼,然后面无表情地望着我,仿佛在寻找下斧子的位置,目光落到我的脖颈上。

"哦,好,好吧,我再喝一点!"我立即改口说,随后又舀了一勺人肉汤。

我们坐在这坟场一般阴森的房间里,直到把锅里的汤全部喝完,随后他把锅和餐具端到了厨房,拿着两张餐巾纸回来了。

他将其中一张餐巾纸递给我,用另一张擦了一下他自己的嘴,擤了下鼻涕,吐了口痰,然后微笑着把餐巾纸塞进一颗人头的嘴里。

"你是个好人,"他一本正经地说,"欢迎你下次还来做客!"

"当然会,这汤很香!哦⋯⋯这些娃娃呢?"

"噢！你要不说，我差一点把这件事给忘了。"

他走了出去，拎着一麻袋钞票回来。

"钱在这儿！你自己拿！反正我留着它们也没什么用。我总能找到一帮顾客的。你把你带来的货物都留在这儿吧，回头我做其他什么仪式时能够派上用场，到时候等你再来的时候，咱们再来一次节日大餐，好不好？"

"好啊，当然，那太好了！"

我把背包里的娃娃全掏了出来，摆在房间的正中央，然后把那袋子钞票塞进背包里。他微笑着跟我握手，而后再次放声大笑，他送我出去，一直送到楼门口。这时候，正好有一位老妇人买完东西回家，拎着两只鼓鼓的塑料袋走到楼门口。厨师彬彬有礼为她撑着铁门，冲我偷偷挤了一下眼睛，请她进去，然后关上了楼门。我听到一声敲击的钝响。

我撒腿狂奔，试图逃离这栋恐怖的楼房、那个疯狂的厨师和那个新的受害者。我跑啊跑啊，我感觉到肉汤也在我的肠胃里咣当。我头晕目眩，整个世界都与我一起剧烈地旋转，终于，人肉汤从我的体内喷涌而出。我任凭自己吐啊，吐啊，恨不得将有生以来所有吃进去的东西都吐个干净！我没完没了地呕吐，像开了闸的洪水，所有那些靠在墙上看电视的死魂灵，还有那个谋杀顾客的疯狂厨师的尿液、唾液，连同那恐怖的人肉汤……不过谢天谢地,那狂人也是我这一天的救命恩人!

我又尽情地呕吐了一会儿,随着肠胃痛苦的痉挛,我感到五脏六腑都变得干净了,终于,我能够直起腰来,朝着办公室走回去。在那里,他们已经迫不及待地等待我汇报这一天喜人的销售业绩。

## 第十四节

　　当一位快递员推开房门,跨进我房间时,我正半梦半醒地躺在床上。快递员手里捧着一个巨大的比萨饼盒,用询问的目光望着我,然后把它放到了茶几上,告诉我说:他们已经在办公室里等着我,随后转身走了。

　　我坐在电视机前,打开了纸盒。比萨饼上铺满了蔬菜和水果。正中间是一颗用番茄装饰的巨大心形,用一个尖辣椒钉在比萨饼上。我心里冷笑:啊,你这头果园里的奶牛,你想用这个戏弄我吗?你每天都让我置身于最愚蠢的境地,让我跟世界上最凶残的野兽打交道,难道这还不够吗?你还想用你这小小的恩惠诱我上钩?莫非你想一个人掌控所有的一切?你到底是谁?难道你是上帝吗?或是撒旦?还是全宇宙的警察总长?用希望和地狱勒索所有生灵的天神?至少你该给我送一些正经的饭菜!

　　我拿起比萨饼,使劲摇了摇,把香梨女神装点在比萨饼上的所有水果和蔬菜全都抖到浅色地毯上,我三口两口地吃掉饼皮，而后站了起来，将硬纸盒扣在电视机的屏幕上。我冲了一个淋浴，穿上黑衬衫，套上西装，蹬上皮鞋，离开了住所。

办公室内，秃头上司坐在写字台后，当他看到我时，在他漠无表情的脸上立即突然浮现出讥讽的微笑。

"瞧啊，我们的美食冠军终于到了！"男人呵呵大笑着说。

我神情漠然地听着，没有吱声。

"为什么要这样耷拉着脸，我们新上任的产品经理？想来，还只剩下五十四亿六千四百万个小天使和小雪人等着你销售，哈哈哈！如果你能够保持这样的速度，你完全能在未来的二十年里把它们卖掉！"

"你不想买几对吗？"我恼火地反问，"我敢打赌，美丽的小天使可以陪你好好地锻炼一下身体，可爱的小雪人会把你干得很舒服……"

"别再胡说八道，赶紧装好今天的货物，马上给我滚蛋！"

巨大的背包已被瓷瓷实实地塞满了无数的泥娃娃。我把货包扛到肩上，身子被压得摇摇晃晃，我一言不发地离开了聪明的上司和漂亮的助理，用不着说，我前脚一走，她随后就会跪到地板上，直到天使和雪人们饥渴难耐地看着她心急火燎地完成她的专业研究。

屋外仍旧寒风凛冽，冰冷刺骨，沉睡在我体内各个角落里的所有恐惧全都被唤醒。我走在空旷、寂寥的停车场上，走向林立的塔楼，至今为止，我在那里已经获得了许多奇妙的体验。今天我会遇到谁呢？吞食自身的妖怪，或是屠杀婴儿的罪犯？吃人的老妇，或是从窗口跳楼的木乃伊？我要将这些可笑的娃娃卖给他们吗？既然我那可恶的上司那么聪明，为什么他不自己来卖？

我没有在前两栋塔楼的楼门口停留，径直走到三号楼前。跟前两栋楼一样，这也是一栋三十几层高的水泥板塔楼，巨大的铁门，门旁有门铃。我按响了门铃。随着刺啦刺啦的一阵噪音，随后有人在对话机里说话。

"你是谁？来这儿做什么？是兄弟吗？"一个兴奋的嗓音问。

"是的，兄弟，我来寻找真正的天堂！"我回答说。

"那你找对了地方！你想要干什么呢？"

"我向你介绍一位天使，他能够满足你的三个心愿！"

"等一下，我马上就来！"

不出几分钟，有人用钥匙拧开了门锁，随着吱呀的声响，棺材盖似的铁门打开了。一位身穿黑衣、戴眼镜、手忙脚乱的瘦削男人出现在我跟前。他冲着我微笑。

"你好，兄弟！"他边说边向我伸出手来，礼貌地请我进去。

"你好，兄弟！"我回答说。

太好了，我也正好穿了一身黑！这样我可以和我的新兄弟一起祭奠。祭奠什么？祭奠彼此的死亡吗？祭奠天堂之死吗？

在光线昏暗的楼梯井里，我们摸索着往上爬，受惊的老鼠从我们脚下跳开，给我们让路；后来，我们站在一扇铁门前，他拉开铁门，我们走进了公寓。房间收拾得非常整洁，墙壁刷得素白，在布置简朴的房间里，冷峻而精心地立着几件简单的家具。

"进来吧，我的兄弟，不用客气，去吧，到客厅里去！"

他把我引到一个被书籍堆得喘不过气的房间内，让我坐下，随后他走出屋去，很快带着一位面色苍白、瘦骨嶙峋的女人回来，还有两个年轻、安静的男孩和一盘小蛋糕，他把蛋糕摆到我跟前的茶几上。

"她是我的妻子，他们是我的儿子！"

"你们好！"我强作亲热地跟他们打招呼。

"他是我们的兄弟！"男人对他的妻子说，并微笑着朝我指了一下，"没错，就是他，我们等他已经等了很久！我称他兄弟，他也称我兄弟。兄弟，我们很高兴终于见到了你!"

这让我感到有一点好笑。这个傻瓜真的认为我是他的兄弟?但我们是什么样的兄弟呢?某种宗教里的主内兄弟?女人和男孩们出去了,我们坐了下来,面面相觑,不知所措。

"兄弟,有什么事我能够帮助你?"他问。

"哦,我的兄弟,我有许多事情需要你的帮助!看得出来,你对这里的情况十分了解,首先请你给我讲一讲这里的情况,讲讲这个地方,这座美妙的天堂!确切地说,我们他妈的到底在什么地方?为什么在这儿?要待到什么时候?谁把真正的天堂给偷走了?我们在人间经常听说的那个天堂到底在哪儿?"

"我的兄弟,真正的天堂在我们的心灵里!不管我的身体在天上,还是在地上,其实全都一样,没有什么区别!除非你真正找到了灵魂的宁静,那时候你才可能在天堂里!天堂只能存在于你的体内,存在于你自己的灵魂里,你只能在那里找到你所寻找的东西。显然,这个地方并不像我们梦想的那样,但恰恰正是它的恐怖,才迫使我们在自己身上寻找美好,外部的世界越是糟糕,我们越能更早地找到我们内在的平和,或者说,找到真正的、唯一的属于我们自己的永恒天堂!"

"你这是在跟我说什么蠢话?莫非你已经成功地爬

进了你自己的灵魂里，沉浸在你自己的幸福中？这里的一切之所以恐怖，就是为了迫使我们逃离，逃向一个新的未知的天堂吗？可是我们能够逃到哪里？想来这里的每一条路都通向地狱！你看，这就是所谓的天堂，就像一座冰冷的超市，他们把我们摆到货架上出售，就像卖愚蠢的奴隶娃娃，他们戏弄我们，就像戏弄被判处了死刑的流氓无赖！请你告诉我，现在你的好哥们儿——上帝在干什么呢？在捶胸顿足地讥笑我们？"

"现实情况不那么完美，但是也不可能那么完美，因为那样的话，就会结束善与恶之间的永恒斗争。全能的主做出了这样的决定，让我们在死后也要继续为了善而努力挣扎！"

"告诉我，哪里有善？这个商店把每个人都变成了工作和购物的机器？到底谁是店主？谁是你的老板？"

"兄弟，你可能已经经历了许多的痛楚，毫无疑问，你有权利感到苦涩，但是你要相信，上帝是爱你的，他所做的一切都是为了你好！相信自己，怀着原谅之心！"

"为什么要原谅？让我原谅谁？"我困惑不解。

"唉，我的兄弟，我已经原谅了许多的人！我来这里之前，曾是一名服务生，我怎么跟你讲呢，许多的男人利用了我温和的心性。他们欺负我，利用我，甚至强暴我，但我还是原谅了他们。"

"你愿意原谅,这是你的事。但是我想知道,你是怎么摆脱掉超市里的工作的?"

"发生了奇迹!全能的主帮助了我!他听到了我的请愿!从那之后,我听从他的话语,传播他的承诺!"

"是不是撒旦帮助了你?"

"不!上帝让我睁开了眼睛,是他帮助了我,召唤我虔诚地侍奉他。"

"那么请你告诉我,到底发生了什么奇迹?他赐给你多少钱了?需要你杀死什么人?"

"我没有杀过任何人!奇迹发生了!有一天,我在经历了许多苦难之后,他们又要在超市的厕所里侮辱我,令人惊异的是,我找到了一个背包!没错,在我旁边躺着一个血肉模糊的脑袋,并不排除可能是我在自卫时砍下来的,但对他来说已经无所谓了,因为他已经死了!背包本身就是证据,造物主制造了奇迹,因为是他帮助了我!我拎起背包,撒腿跑回家,当我打开背包的时候,惊讶地发现包里塞满了钞票!之后的许多天里,我都提心吊胆地等着那些恶棍来报复我,等着死者的某个亲属来讨要背包,如果他们找上门来,我会很高兴地把背包给他们,不过后来,谁都没有来找我,我想把背包给我唯一能给的人,给我的上帝,但是他跟我小声耳语,说他不需要这钱,因为他有足够多的钱,因此,我可以根据自己的需要使用这笔钱！就这样，我以特别的方式，用钱赎回了我的自由，甚至，还能够用剩下的钱帮助我爱的家人们！"

"你杀死了他们？"

"这样说听起来太野蛮了！反正我的妻子在下面过得十分的孤单，我的儿子们也迷失在那个堕落的世界，因此我通过递交申请，请上帝将他们移居到这里。"

"太棒了！怎样移居？你让上帝用一辆大货车把他们撞死了吗？"

"别胡说八道，我的兄弟！他们只是睡了过去……本来家里的煤气就有些漏气，有一天，从管子里漏出的煤气比平时多了一点点，就这样，他们移居到了这里。"

"那为什么不是你回到人间呢？回不去吗？"

"那会违背主的意志，另外还有一个原因，假如有谁回到了人间，就会将天堂的体制泄露出去，那样一来，地上的人们就会恐惧死亡，会制造巨大的骚乱，每个人都会为了争夺权力而陷入罪恶。我从来不为自己来到这里而感到后悔，再者，我在下面的世界也有很多的麻烦。"

"嘿！你指什么？"

"我并不想讲这些事让你感到无聊。我有时打牌赌钱，另外还卷入了一两桩桃色事件，事情变得非常棘手。"

"非常棘手？"

"你知道，我喜欢上了一个女孩，我们彼此相爱，但她的父母坚决反对我们的关系。"

"为什么呢？"

"他们认为，女孩对我来说太年轻了。"

"她有多大？"

"十二岁。"

"那你呢？"

"五十二岁。"

"你五十二岁，她才十二岁？这么说，你是一个该死的恋童癖！"

"别把话说得这么难听！我真的是世界上最爱她的人，她也非常爱我。我有什么办法，她比我晚出生了许多年，难道这是我的错？！"

"那你每天待在家里躲什么？难道你不厌倦这座死气沉沉的监狱？你不想你的小情人吗？"

"我们在这里读书，我的兄弟！我主持弥撒！为我的家人，为这里的居民，为所有渴望听到那些能使人平静、获得宽慰和内心宁和并变得勇敢的词语之人！"

"那么求你让我也平静下来吧！请告诉我这可怕的一切终将结束！"

"说谎我是不可能说的,但是我将为你祈祷!"

"那至少你会帮助我吧?"

"当然!只要你有困难,就尽管告诉我!"

"我的兄弟!那请你买下这堆小天使和小雪人吧!你肯定能够转手把它们卖给你的信徒们,并且能卖个好价钱,以翻倍的价格!如果这一大堆娃娃我卖不出去,那么我就倒霉了,他们会狠狠地惩罚我。"

"你说的是什么娃娃?"

"你看!"我从背包里掏出两个娃娃,"这是一对理想的伴侣!一个是五十二岁的胡萝卜绅士,另一个是他的情人,一个十二岁的纯洁美人!你喜欢吗?你仔细看看!可以让他们躺到一起,从前头,从后头……"

"哎哟,我的兄弟,不要撕开我的这块伤疤,因为那样的话,我会不得不让你闭嘴的……"

"你要杀死我吗?哈哈哈!如果真是那样,我会感激你的……"

"那好,我要买下多少你才能闭嘴?一个还是两个?"

"你把这些全都买下!整个这一背包!你可以说服所有的妇人,让她们开心!她们将这些娃娃带回家去,可以当作自慰器!"

"我没有那么多钱!"

"那好,那我现在就走,不过我得给你妻子讲一两件有趣的秘密!"

"哎呀呀,你可不能这么干啊,我的兄弟!"

"那你就立即拿钱帮助我!你听懂了没有,我的兄弟?"

男人抽泣着站了起来,走出屋去,之后拎着一套饭盒回来了。

"这是什么?你想拿它煮豌豆汤吗?"

"里头装的是你要的东西……只是别让我的家人知道!"

我掏出娃娃堆到桌上,他用深沉的目光将它们排列在书架上。我把钞票装好,得意地拍了拍他的肩膀。

"你是个好人,我的兄弟!你救了我的命!你再卖这些小东西时,在价钱上不要不好意思!"

他微笑着点了点头,打开房门,送我出去,带着温柔的笑容为我推开大楼的铁门。

"别让我再看见你,你这个混蛋!"他小声地警告。

"我也爱你,我的兄弟!"我不动声色地回答,然后拥抱了他,亲吻了他,兴高采烈地朝我的住所走去。

我很高兴,再次绝路逢生,卖掉了所有的泥娃娃。我很为自己随机应变的本领得意,我想卖多少就能卖掉多少!也说不定,这不仅是运气,是上帝暗中在帮助我？但他本来能够更多地帮助我！如果他是分牌者，那么他分牌的手法相当古怪，因为他总是把我安排到几个可爱的疯子身边，除了这些家伙之外，那头两条腿的母牛也以这样或那样的方式帮助我实现我唯一的愿望。

谁是这里最大的老板？事实上这个问题并不重要，想来这里所有的一切都算不上什么神奇的造化。如果说造化——让我们实话实说吧——真正的造化者应该是我！我是一位真正的勇士，最佳推销员，最优秀的产品经理，不管要我卖什么，我都能够卖掉！是的，有的时候我会杀个人，骗个人，或偷一点东西，但是这有什么关系?！要知道，当一个人被逼到角落里，反正也没有其他选择。回头想想我那个可怜的朋友——小侏儒，他非常可爱，但他是一个可被忘记的生灵，他的无能，使他成为了唯一睡铁皮棺材的人，因为他没本事卖出棺材，总是不断地遭受惩罚；我很同情他，但是我也帮不了他，在这样残酷的世界里，人只能自救。

然而我，不要说能卖那些棺材了，就连他我都有本事卖掉！我能够卖掉所有的一切，所有在这个"另一个世界"，在这个"彼岸"、地狱或天堂所能存在的东西！因为我终于意识到，这个巨大的死人工厂之所以存在，就是为了能让强者、能者、优选者找到自己存在的位置，以此实现自身的价值。

想来，我们是这里的一切，这里真正的上帝；如果没有我们，这整个天堂的体制会立刻坍塌！作为对我们的报答，总有一天，通向天堂最高处的大门会向我们敞开，跨进那道门后，我们最终会宾至如归，在那里，我们将享受自己的劳动果实，在最高层的 VIP 天堂里，享受数以千万计的奇妙产品和特殊服务！

但是在那之前，我在这里还有许多事要做。我必须用良好的业绩帮助我的公司，尽可能利用好所有的机遇，最终实现自我，跟同伴们一起推动这个超市的繁荣发展。

银河超市，我们的世界！我突然爱上了这家商店！

## 第十五节

我在跟孩子们一起玩,跟我自己的两个孩子一起,一个小女孩和一个小男孩。在一个荒无人烟、穷乡僻壤、煤矿似的地方,在漫天飞舞的黑色粉尘中。天寒地冻,从我们嘴里呼出的气犹如一道道白烟。我们都是秃子,早就掉光了最后一根头发,还有我们的眉毛、睫毛和浑身的汗毛。我们在玩一只巨大的白皮球,我们欢笑飞扬地互相扔着,你争我抢地撒腿追逐,看谁能够扔得最远,看谁能够最先追到。我们笑语欢声,心花怒放,我们都感到实实在在的幸福。我妻子坐在我们后面的一条长椅上,望着我们的身影,脸上像洒满了灿烂的阳光,从她的笑容里散发出另一个世界的光芒。我们用力扔球,相互抛递,我们奔跑,左跳右闪,尘土慢慢落满了我们四个人的身体。烟雾般的煤尘渐渐遮挡住阳光下的一切,连我们的面孔和身影都已经很难分辨出来,最后连我们哈气的烟柱也消失了,只能听到低沉的喘息和咚咚的脚步,有如丧钟从远方传来的回响,仿佛即将坠落的太阳发出最后疲惫的心跳。

有人敲门。我打开门时,人已经走了,我只看到有一个方纸盒留在门口。我抱起盒子,进到屋里,坐下来从容地打开纸盒。盒子里装着的是一个圆形的塑料平底锅,锅里盛着的是糨糊般黏稠的绿色食物,上面镶嵌了一枚李子,李子的正中央插了一根细细的胡萝卜。我尝了一口,做出一副酸涩的痛苦面容。今天的早餐是布丁状、果冻般的甜酸东西,正中央是我的胡萝卜刺透母神的李子。

我厌恶地把锅里的东西倒在地毯上,将纸盒愤怒地扔到墙上,穿好衣服,动身出发。在走廊上,我按了一下食品机上的按钮,掉出来一个一点也不甜的甜面包,然后继续朝办公室走去。秃头上司正在那里等着我。

"不爱吃今天的早餐吗?"

"我这辈子都没吃过这样的垃圾!"

"你只爱吃那种能够让你从早到晚放一天鸽子的食物,对吧?"

"我喜欢的食物不是什么维生素丰富、改善死亡之类的美丽谎言!"

"你永远成不了真正的经理,你无法适应新的环境!"

"死亡我都可以适应!你平心而论,在这里有谁能像我这样卖掉这么多垃圾?"我没好气地质问他。

"到现在为止,你的工作任务完成得确实不错,但是这并不是我们对你唯一的要求。"秃头男人不紧不慢地反击我,并且讲起了大道理,"我们的目的并不仅是为了卖掉这些娃娃,尽快把钱揣进口袋里,我们的目的是把你培养成出色的经理,把你训练成人类最聪明机智、沉着干练的优秀战士!"

"我之所以在这里忍受奴役,难道就是为了有一天能像你这样变成猴子吗?"我不屑地说。

"噢,看来你还有许多方面需要提高,你现在还只有蟑螂的水平!"

"好了,别再啰唆!赶紧把今天要卖的货给我,赶紧放我走吧!听你讲话,比向那些一无所有的家伙兜售垃圾娃娃还要糟糕!"

助手为我塞满了背包,我把它拎起来,扛到肩上,拔腿上路。停车场开始变得亲切起来,还有那些在这里留下的共同记忆。至少我还有过同伴!拖着白铁皮棺材的可怜的小侏儒,头发蓬乱、性饥渴的金发美女,戴金表的花花公子,现在就连想起那个胖工头,也会觉得亲切友好。他们此刻会在哪儿呢?小侏儒会在哪所幼儿园里推销棺材?那个在监狱里推销菠菜布丁的金发女郎,那个在角斗士墓地里打扫卫生的戴金表的男人,还有那个在疯人院里当门房的无助哭泣的胖子？

我向前走啊，走啊，从水泥灵堂一般的塔楼前走过。不知道那个牙齿全无、想跟我做爱的倒霉妇人的尸首是否已经被人发现？那个"人头厨师"是否已往当日新烧的人肉汤里撒完了尿？我的兄弟正用什么样的布道词安慰那些愁眉苦脸、不知所措、像自行车棚内的单车一样并排站立的信徒？

我来到了另一片楼群，拐了进去。在墙皮斑驳的楼房前，有几个孩子正在水泥庭院里玩打仗的游戏。当我朝他们走过去时，他们突然朝我开枪。子弹击中了货包的背带，背带当即断了。我一把抓起背包，继续朝着他们走去。他们再次向我开枪，我感觉到胳膊上一阵灼热，衬衫的袖子贴到了胳膊上。

"别开枪了，你们这些疯子！"

"我们为什么不能开枪？你才是疯子！"

"因为我不会伤害你们！"

"但是你肯定想要伤害我们！"

"我为什么要伤害你们？"

"因为在这里，所有的人都想伤害我们，命令我们！都想卖给我们五花八门的各色垃圾！"

"我不会伤害你们的，我向你们保证！可是你们已经伤害了我，朝我开了枪！我的胳膊流血了，背包带也断了！而我来这里是为了你们好！"

"你为什么要来这里，我们并没有邀请你？"

"我想给你们看一样东西！"

"我们觉得你很可疑！"

"我真的不是坏人！我给你们带来了新玩具！但是如果你们不感兴趣，我马上就走，去别的地方。"

"玩具？什么样的玩具？是新款的机关枪吗？橡胶娃娃？情色画报？海员牌饮料？还是什么别的好玩的东西？"

"当然啦！很好玩的玩具！但是如果你们想看的话，就要过来帮我包扎好伤口。"

他们迟疑了片刻之后，有两个十岁左右的男孩走了过来，其中一个孩子的手里攥着一块白色纱布。他们瞪着棕色的大眼睛疑惑地看着我。

"你肯定不会欺负我们吧？"

"这怎么可能！"我努力做出一副诚实的样子，向他们保证。

其中一个男孩为我包扎好胳膊，然后冲其他的伙伴们挥了一下手，表示我对他们没有什么威胁，可以接受，随后带着我朝另外那些孩子走过去。

他们大概有二十几个人，既有男孩，也有女孩。他们扎营在一个空水泥池里。每个人都荷枪实弹，而且都是真枪，有的扛着长枪，有的握着手枪，在他们的脚下躺着撕烂的布娃娃和肮脏的被褥，满地乱扔的硬纸盒和罐头盒，那里有他们用木板、纸盒、瓦楞铁搭起的窝棚，周围摆着许多水罐，还有横七竖八的汽车轮胎、机器零件和无数垃圾。他们的首领是一个肌肉健壮的男孩子，他一本正经地走到我跟前。

"你是谁？"他开始盘问。

"好叔叔！"我信口回答。

"别跟我们说什么叔叔！你为谁工作？"

"为天使们工作！"

他们哄地笑了。在他们听起来非常可笑。

"你不会是一个脑子有病的圣诞老人吧？"

"不是！我是一个普通人，给你们带来了玩具！"

"玩具？带给我们？那好，你拿出来看看！"

我打开了背包，从里面掏出一个小天使，先是一阵鸦雀无声，随后爆发出一片笑声。孩子们笑得越来越厉害，有的人弯腰捧肚，捶胸顿足，有的人躺倒在地上笑得打滚。我又掏出一个小雪人，他们更是笑瘫了，笑得失去控制，喘不上气来。我坐在背包上静静地等着，等他们笑完。

孩子王笑了足足有十分钟，之后慢慢地安静下来。他走到我跟前，将两个泥娃娃拿在手里，得意扬扬地举在空中让同伴们仔细看了一圈，像展示什么新缴获的战利品，同伴们继续笑得前仰后合，这个年岁稍大的少年也笑得站不稳脚跟。

"你真是一个老活宝！你从哪里搞来的这些丑八怪？这些垃圾是谁制造的？是哪个白痴居然想得出来卖这鬼东西？我敢保证，他们肯定是在捉弄你！我打心眼里同情你！卖这种破烂？唉，看起来你的命跟我们在这里当孩子一样糟糕！"

我缄口不语，望着他的眼睛，我在他的目光里看到了某种深深的忧伤。他们还都只是孩子，只是被逼无奈拿起了武器，试图保卫自己根本就不曾存在的童年。他们变成了有着童年身体的成年人，他们的童年梦想被人偷走抢走夺走了，人们试图给他们洗脑，向他们灌输购物的梦想，迫使他们迷上那些毫无用途的彩色垃圾，为此他们拿起了武器进行无望的抵抗。

"你们今天在玩什么？"等他们笑够了之后，我问他们。

"打猎！"

"打什么猎？"

"猎袭经理！猎袭那些总想卖给我们各种垃圾的家伙们！什么娃娃啦、小熊啦、摇铃啦、陀螺啦，还有什么拼图和游戏棋！他们为什么不卖给我们那种能够扛在肩膀上发射的火箭筒？手雷，或化学武器呢？那些东西才好玩呢！"

"你们怎么会想玩那些东西？"

"为什么不能，难道只有成年人能玩它们？只有他们可以杀人，可以发动战争？战争到底有什么好的，只是为了让更多的孩子能来这里？还有你？你为什么要干这份工作？为什么要与他们为伍？为什么要服务于这个魔鬼的体制？我看得出来，你是一个好人，你为什么不加入到我们中间？为什么不作为成年人站到我们的前列？"

"我有另外的计划！我想从内部瓦解这个残酷的体制！只要我还没有找到头号罪犯，我就决不罢休！我的理想不是只占领一个游乐场，而是要解放整个天堂！你们只要跟着我，整个世界将会属于你们的，我们将是这一切的领导者！但是我的计划只有在你们的帮助下才有可能实现。"

"你快说，怎么帮助？"

"我每天都必须卖掉这么多的垃圾，那样才能继续晋升，才能打入他们的统治中心，有朝一日能够接近魔王，那时候我才能干掉他，恢复正义！"

"如果我们帮助你，那你会为我们做什么？"孩子王跟我讨价还价。

"如果我的计划实现了,你们将成为我的贴身护卫队,我们一起统治这个世界,一起主持公平正义。只是现在,我不得不卖掉这些娃娃……"

"这个好办,老兄!我们征收保护费,你看,在那个灰色的木箱里,你要多少钱就有多少钱。再说,这么难看的娃娃,我们可以用来做每天演习的射击靶子!天使归男孩,雪人归女孩,回头我们一个个打碎它们的脑袋!"

"这个主意听起来不错!我把娃娃放哪儿?"

"你就把它们放在这里,在墙根下面摆成一排!过来,都过来帮忙!你去把钱取过来!"

我把娃娃一个挨一个地并排放到打靶场的墙根下,一个胖小子撒腿跑开了,过了一会儿,他拎着一个塞满了钞票的塑料袋回来,递给我。我接过了钱袋,塞进自己的背包里。而后,孩子王朝一个文静的男孩说了一句什么,并指了一下我的背包,男孩点了下头,几分钟之内就把我的背包带接好了,接缝处看不出断过的痕迹。

我和男孩们握手告别,跟女孩们挥手再见。我刚一转身没走出几步,就听到背后枪声大作,他们兴奋地射击天使和雪人,笑声一片。

可怜的孩子们,或许我比他们更加可怜,我连反叛、抵抗都没有胆量，只能作为一位好兵效力于这个毫无意义的体制，寄希望于会有越来越多的人为我鼓掌，能够一级一级地朝高处晋升。我对自己感到厌恶，嫉妒这些敢想敢干的小土匪。我很希望能加入到他们中间，可惜我早就不再是孩子了。算了，不想它了，我总会找到自己的解决方式，我心里想着想着，不知不觉回到了流光浮影的星级监狱。

我沿着走廊大步流星，在自动食品机前停下了脚步，我取出了一个三明治平静地吃掉，然后用尽全身的气力将头撞向食品机上的玻璃。机器发出刺耳的蜂鸣，指示灯闪烁，程序大乱，咔嗒作响，随后我又一次猛地撞去，之后又一次，又一次。

机器终于哑巴了。死了。替我死了。

## 第十六节

我躺在漆黑一片的暗夜之中，一动不动，精疲力尽，整个人像被冻僵了一般。后来，渐渐地，在远方泛出朦胧的光亮，并且向我漫来，离我越来越近。那是一个自我吞噬的光的隧洞，将自己拖向一个未知的方向。后来，光芒四射，越来越强，开始变得刺人眼目，最终不仅让我丧失了视觉，甚至丧失了意识，仿佛变成了炽烈的光焰在我体内燃烧，这时候在火星四溅的空气中，我突然感到窒息。

这是怎么回事？难道这是真正的天堂？难道这就是那些死而复活、重返人间的幸存者所讲述的他们曾经目睹的天堂吗？光线继续变强，我什么都看不见。这种无处不在的光芒令我焦躁不安，或许我该从中获得某种启迪，但同时又感到焦虑难耐！或许一种终极的自白正在向我靠近，我将要供述自己所有的、至今为止一直被人忽视了的罪孽？

在我的体内，逐渐蕴生出某种陌生的力量，使我落座在一个权力无边的宝座上。光芒的源泉继续向我接近,来到我的眼前,这时候,我听到一个尖细刺耳的声音。那是电钻的声音!难道我在牙科诊所?

"我的小家伙!"我听到母牛低沉的哞叫。

"哦,你这个该死的婊子!你又想拿我怎么样?"突然间,恐惧和愤怒同时淹没了我。

"你的生命档案在我手里。我觉得,你有不少该赎的罪孽!"她慢条斯理地说。

"在你手里?你这个畜生!我真希望能跟你换一个位置,仔细看看你到底有多少该赎的罪孽!"

"造物的母神是没有罪的。"

"为什么没有?你有那么多的罪,多得无法清算!"

"我没有罪!我是造物者!是我赋予万物生命与力量,并且以此惠泽天下。所有的男人和女人都属于我,我愿意拿他们怎么样就怎么样!现在我要让你为你的罪孽承受一点惩罚!首先我要在你的脸上刺青,刺上一对巨大的梨和几个小红果,在你的脖子上刺一些樱桃和草莓,在你的脊背刺上香蕉和柠檬,在你的阳具上刺一个美丽的大蜜桃,最后在你的眼皮上刺一个小太阳,这样就可以让你睁开眼睛,恢复视力……所以你应该收回你的敌意,完全没有必要跟我作对。"

"那你告诉我,那些从临床死亡里复活的家伙是怎么回事？他们总是这样描述，说人死了之后，在这里感受到的是某种非常舒适、温暖的感觉。"

"你以为呢？"母神狻黠地反问，"难道我会将那些可能说我和公司坏话的家伙送回人间吗？只有那些经过了洗脑的人才可能回去，我可以肯定，他们在地球上只会为我们做正面的广告。"

我还是像一个睁眼瞎，眼前什么都看不到，只能听到古怪仪器越来越刺耳的锐响，这呼啸声离我的耳畔越来越近。现在就在我的跟前，我已经感觉到了温暖，皮肤开始感到针扎的刺痒，后来钻进了我的鼻子，只是钻啊，钻啊，越钻越深，无休无止，仿佛要钻进我的脑仁，使我放弃了最后的抵抗，最终缴械投降。她钻我的鼻子，将我的脸、脖颈、躯体钻成了筛网，我感到无数枚子弹向我射来，使我千疮百孔，体无完肤。这时候，我突然在逆光中看见了她，她正冲着我的眼睛和脸放声大笑，吼吼吼，哈哈哈……是的，我看到了她！她也是个孔洞，深不见底，她也变成了一个黑色的腔穴或幽深的隧道，通向无限，通向虚无。

我被敲门声惊醒。我揉着眼睛爬下床，拉开门；来人已经走了，只留下一个早餐盒。我抱起盒子，关上房门，坐到床上把盒子打开。里面装着一个陶瓷碗，碗里盛着粉红色的果冻，果冻上漂着两只黏在一起的大象。

我把大象捞出来，用力摔到墙上，然后尝了一口这古怪的果冻，那是用麸皮、奶油和某种叫不出名字的水果熬成的。果冻很凉，冰得我牙疼。我站起身来，正要关上电视，这时候屏幕上正在播放一段广告片，一个女人躺在医院的病床上尖叫着分娩，娩出的是一台新款手机。我关上电视，并将电视机屏幕转到一旁，拔掉后面的插头，并把陶瓷碗里的所有内容物都猛地倒在了电视机上。电视机发出丝丝的声响，溅出火星，随着一声爆炸彻底地哑了。

我胜利了，我战胜了电视！我杀死了一碗有毒的、有人想用它谋杀我的粉红色果冻！哈哈哈！今天是一个不错的开始，但是结局将会是怎么样？说不定我最终能够拔掉母神的一对大门牙？

我穿上衣服，出门上班。在办公室里，他们已经把我的货包准备好了，不过那是一个新背包，要比以前的那个大一倍。秃头上司嘿嘿地阴笑，不怀好意地跟我说：

"祝你玩得愉快！假如你不能把背包里的娃娃卖完，今天你就不要回来见我！"

我扛着货包上路了，呼哧带喘，脚下打晃。我一会儿把货包放到左肩，一会儿换到右肩，实在太沉了，更何况还在下雨，我继续吃力地向前走，艰难地穿过巨大的车场,在我看来,那是世界上最大的火葬场。我从已经去过的几栋塔楼前走过,这时候,眼前看到一个奇怪的场景。许多干瘪得几乎成了木乃伊的老妇人,一动不动地站在楼前的一片水泥地上,一片死寂,她们彼此间隔几步之遥,仿佛每个人都看守着各自的地盘,从远处看去,像是一棵棵忧郁的、已经苦等了千年雨水的干枯老树。这是一片"老妇人森林","死亡森林",谁要想从她们中间穿过,无异于将要再死一回,也会变成一棵枯树立在她们中间。我感到绝望,在这样一个鬼地方,我能把这些小天使和小雪人卖给谁呢?刚才秃头上司之所以阴笑,估计就是因为这个!我脊背发凉,不敢继续想下去。

我把背包放到地上,望着这片僵尸丛林,之后大声喊道:

"嘿,僵尸阿姨!在你们中间,有没有谁能开口说话?"

她们以惊悚的缓慢朝我转过脸来,低声嘟囔着向我投来鄙夷的目光。

"僵尸奶奶!这是怎么了?你们不要冲我发火,不是我把你们立在这儿的!"我壮起胆子跟她们搭讪,"我之所以来这里看望你们,是为了给你们带来可爱的小天使和小雪人!你们想不想看看它们?我敢保证你们会喜欢上它们的,你们肯定很久没能看到这么漂亮、美好、快乐的东西了。求你们了,别总绷着这张丑陋、无聊、可怕的脸!"

没有回答,僵尸们继续盯着我,让我毛骨悚然。她们开始咧开嘴,冲着我狞笑,散发出可怕的臭气,指挥老鼠、苍蝇和昆虫大军向我扑来。我大惊失色,感到我将在这里死无葬身之地,急中生智地解开裤扣,掏出了家什,冲着它们疯狂扫射,打退了这一轮疯狂的进攻。我注意到,僵尸们脸上的狞笑消失了,随即露出莫名的恐惧,哎哟呻吟着转过头去。在尸林的中央,站着一个干瘪、矮小的木乃伊,开始冲我大声吼道:

"你这个卑鄙的流氓,你以为自己是谁?也太放肆了!居然敢在这里冲着我们撒尿?"

"对不起,我并不想冒犯任何人!我只是一名推销员,只希望你们听我讲,看看我给你们带来了什么!"

"我们什么都不想买!你赶快走开,不要打搅我们!我们对这里的一切早已厌烦,感到忍无可忍!"

"你们不喜欢这个地方吗?"我还是不肯罢休,伺机寻找突破口。

"好吧,让我来教训教训你!"那个老妇人边说边迈开细碎的步子朝我走过来,手里拄着一根拐杖。

"你们终于来到了天堂!你们不是一直都想来到这

里吗?"

"我们希望的是,永远不会再有像你这样的小混蛋来打搅我们!"

"你们看!如果你们买下我带来的货物,我就会立即从这里消失,永远不会再来打搅你们。"

"你这个扫把星,你背的到底是什么破烂?"

"天使!我给你们带来了美丽的小天使!这是你们所能搞到的最好的圣诞节礼物,还有一个可爱的小雪人!"

"你这个白痴!对我们来说,没有什么会比天使更让人憎恨的了!我们一辈子都相信了他们的话,把所有的钱全都捐给了他们,他们向我们许下了所有美好的承诺,但是现在呢,我们只能站在这里,像一片死亡森林!"

她慢慢走到了我的跟前。这时候,我看清了她那可怕的样子,令人毛骨悚然。她整个人皱巴成了一小团,弓腰驼背,她的脸就像一只小鸟的骷髅,眉毛脱落干净,脑袋干瘪,头发稀疏,双手颤抖。

"好吧,那你就拿出来给我看看!"终于,她半信半疑地说。

我打开了背包,从里面取出一个小天使,拿在手里给她看。她皱着眉头,眯着眼睛仔细打量这个年轻漂亮的小肉球，若有所思地沉吟了片刻，然后转过身去，冲着其他的老妇人大声问道：

"你们喜欢吗？"

顿时响起了一片口哨大合唱和憎恨的咿呀声，这就是回答，愤怒的回答。甚至，有几个老妇人咬牙切齿地挥起了拳头，还有人冲着天使娃娃啐吐沫。

"我们要不要这个做圣诞节礼物？"女首领继续愤怒地问。

回答又是一片愤怒的吼声。老妇人接过小天使，举到自己眼前继续愤怒地打量。

"为了天使们对你们做出的各种美妙而虚假的承诺，你们想不想向它们复仇？"我突然发问。

老妇人迟疑了片刻，眼里忽然冒出了火星，随后朝其他的妇人大声呼喊，仿佛将一个痛苦的好主意猛地刺进了她们的驼背，僵尸们兴奋地点头同意，开始吼叫着向小天使伸出愤怒的手。

"让我们痛快地啐啐它们！砸烂它们的脑袋！把它们吃掉！"疯狂的喊声响成一片。

妇人们吼叫着朝我走过来。

"等一等！"她们的首领突然拦住了她们，"如果我们想要快活一下，那就一起凑一下钱！这些可恨的小混蛋你卖多少钱？"她转过脸来问我。

"不单独卖,只能跟小雪人一起卖!"

"我们要这愚蠢的小雪人做什么?我们要它没用……"

"小天使和小雪人是一对不共戴天的仇人!小雪人们一无所有,只有寒冷,风霜,它们站在冰天雪地里冻得发抖,直到野狗冲它们撒尿,孩子们把它们推倒,或太阳将它们融化;天使们则过得无忧无虑,吃香的喝辣的,想要什么就能得到什么,反而嘲笑可怜的小雪人,说它们是天生的倒霉鬼。如果你们真想报复邪恶的天使,那么对天使来说最大的惩罚莫过于把小雪人也立在那里,让它们亲眼看到它们的仇人如何被你们摔成粉末!它们会解气地大笑,会感激你们!如果你们的报复行动没有让小雪人看到,那么对天使们来说是莫大的侥幸。"

妇人们笑了起来,干瘪的身子笑得直抖,像被一阵怪风吹得前仰后合,慢慢地,她们平静了下来,从黑裙子的口袋里掏出皱巴巴的钞票,在手里挥动。

"过来吧,小伙子!我两个都买!"

"我买三对!"

"过来,过来!快点给我!"她们争先恐后亢奋地尖叫。

作为公司的礼物,我将一个小雪人,连同一个小天使一起塞到木乃伊首领手里。随后我扛起沉重的背包，踉踉跄跄地朝她们走去，走进僵尸的黑森林。我接过一张张钞票，并将一对对小天使和小雪人递给她们。我的四周变得越来越黑暗，我感到一阵阵寒气扑面。我想寻找妇人们的视线，但她们的脸大多数都用黑围巾罩住，只能偶尔看到一个个受伤、空洞的黑眼窝、一张张布满皱纹的脸和满是伤痕的脑袋。

她们用钉耙一样的枯手递给我钞票，而后迫不及待地接过泥娃娃。当我想到这些愤怒的妇人将会怎样报复这些小天使时，心里生出莫名的怜悯，但我没有别的办法，甚至暗自得意，为自己又能逃脱一次惩罚而感到欣慰。森林变得越来越黑暗，越来越多愤怒的手臂和脑袋把我团团围住，从我手里争抢那些被判处死刑了的天使和雪人，我动了恻隐之心，想把它们拯救回来，重新塞进背包……后来，黑暗变得密不透风，背包里的娃娃已经一个不剩，塞满了钞票。这时候她们才放过我，准许我打道回府。

我吃力地在妇人森林里劈开一条路，感觉像冲出枝杈的围困、捕猎、囚禁和扼杀。这只手伸向我的大腿根，那只手伸向我的脸，另一只手攥住我的胳膊，我越是加快脚步想要尽早地脱逃，她们越是想抓住我、拽住我、留住我，想要把我掐死。树枝拦挡，藤蔓缠捆，我几乎动弹不得，寸步难行。就在这时，我终于看到了森林的边缘，用尽最后的一点气力从她们致命的拥抱里挣脱出来。

我头也不回地往前走，不敢回头看那片死亡森林。我听到背后传来的狂笑声，这些老妇人，这些木乃伊，这片早已无人涉足的僵尸森林终于找到了替罪羊，她们开始了疯狂复仇，将天使们狠狠地摔到地上墙上，摔成碎片，然后用力踩踏，她们用针刺它们的身体，砍掉它们的脑袋，将它们大卸八块，凌迟碎剐，让它们尸骨不留，变成齑粉。

我扛着背包，迎着冰雨，脚步匆匆地往回赶，亟不可待地逃离那一栋栋充满恐怖记忆的水泥塔楼。对我来说，那已是一个个令人毛骨悚然的活广告。

还有什么在等着我？什么是我最后的出路？莫非我要先把我的最后一片灵魂出卖给这座毫无意义的超市，而后我也永远地变成死亡森林的一棵枯树？也许我现在就已经是了？也说不定，上帝最终会拯救我，为了奖励我所承受的所有苦痛而任命我当某处的门房、秘书或部门经理？

生活本身就像在森林里踯躅的迷路者，森林里的每棵树都在说谎，说只要我们爬到树上，就可以看到远方；于是，我们听从了谎言越走越远，越走越深，后来我们终于发现：那些树我们根本就不可能爬上去！我们对于自己和那些树一无所知，我们只是一味地前行，向前，向前，能看到的景物越来越少，慢慢地，我们变得绝望，不知道何处是归途？哪里是出路？树枝划破我们的皮肤，抽打我们，围困我们，残忍地夺走我们仅存的希望、梦想和力量，仿佛扒掉我们身上仅剩的衣衫；最终，树枝紧紧地把我们捆绑，将我们囚禁。

我懊丧地踢开楼门，直奔楼上的办公室。我卸下背包，扔到助手的脚前。

"看吧，这是你们肮脏的钱！我从木乃伊那里拿来的！"

"你嚷什么？"秃头上司皱起了眉头。

我盯着他的眼睛，他也用他的蓝眼睛盯着我，做出一副不解的样子，仿佛不明白发生了什么，仿佛他是一个纯洁的天使。

"你给我听着！现在你要么给我搞一些正经的食物，要么我就把你塞到烤箱里烤熟！"

"冷静一点，不要激动！你回到住处先休息一会儿，我等一会儿就给你送吃的东西去！"

我转身离开，回到我的牢房。我脱掉衣服，泡进浴缸里。我感觉自己是一只被困在巨大蛛网中央的一只最绝望的昆虫。我不仅束手无策地等待毒蜘蛛出现，等着它大笑着吃掉我,而且,在我的体内也有一张蛛网,一张挂在腐臭发霉的地窖中的蛛网,在那里,僵尸们爬向我灵魂的中心,用她们没有牙齿的嘴狼吞虎咽地吃掉我仅剩的灵魂。

我从浴缸里爬出来,走进客厅。桌子上已经摆满了各种美味。大鱼大肉、沙拉、水果,一盘挨着一盘。我坐到桌前,狼吞虎咽地吃了起来。将这从天而降的无数美味填进肚肠,后来我才注意到,在每个盘子的底部都画有不同的图案:打扮成水果仙子的母神,正赤身裸体地叉开两腿从盘底冲着我微笑,头上顶着葡萄串,胸脯上堆着红樱桃,肚子上摆着黄瓜,大腿间夹着南瓜,在她的头顶上写了一行醒目的箴言:

好好保重自己,我的生命!

## 第十七节

我跟母神一起赤身裸体地在一块相当窄小的训练场里打网球，我们并排站着，我们的腿时不时地蹭到墙上。网球是橘子、番茄、鸡蛋、葱头、李子、鸭梨、苹果，它们在空中飞来飞去，就像真正的网球。在我们打球的过程中，我们的胳膊、肩膀和身体的不同部位经常有意无意地相互碰触。我偷看她，看她运动的体态、大笑的模样，看她过于笨重的躯体如何像一只巨大的车轮忽左忽右地滚动，肥胖的屁股白得晃眼。

我看她如何挥动网球拍，将各种水果猛击到墙上，一旦它们果汁四溅，她就会从桶里再取出一只新鲜的水果，精力充沛地重新发球，一对巨乳随着跑跳上下弹跳。我不仅怕她，而且感到一些厌恶。我注意到她不时用怀疑的目光打量我，但我佯装不知，继续打球，好像什么都没有意识到，只是用力击球，潇洒地挥拍将一只只水果击到墙壁上。

突然，她将她汗水淋漓的身体转向我，向我发起攻击,她搂住我,并且越搂越紧,让我喘不过气,我眼看就要在她的怀里爆炸。我无法挣脱这致命的拥抱;慢慢地,她开始把我的身子向下按,按到水泥地上,让我像野兽一样趴在地上,然后腾出了一只手,从桶里抽出一根很长的绳子,用它把我捆绑起来,使我动弹不得,随后笑着冲我挤了一下眼睛。

"小家伙你生病了!在你脆弱的小脑袋里充满了病态的念头!这很危险,因为这样下去,你的身体会开始慢慢地腐烂变质。这是老娘不能允许的!所以我要好好地给你治疗!"

我吓得大气不敢出。我感觉到,如果我反抗,结果只会更加糟糕。过了一会儿,网球训练场的门开了,拥进来许多裸体的老年人、中年人和年轻人,有男有女,他们围着我坐下,好奇地看着。之后,母神郑重其事地说:

"我的小家伙生病了!在他的脑袋里经常出现一些病态的念头,因此,他在这里,在我们这里,总是感觉不太舒服。甚至,他在哪里都觉得不舒服,总是反叛、焦虑,对什么都觉得不满意。毫无疑问,这种焦虑来自他小小身体内的不正常运转,因此我们要给他做一个内窥镜检查,看看里面到底发生了什么病变。我们将把一根纤维管送进他的体内,然后通过探头观察他体内的情况。等一会儿,我会将内窥镜看到的情况在墙上投影。你们要仔细看看那些图像,一旦看到有什么可疑的地方就立即告诉我,我们要马上采取有效的治疗措施!"

说罢,她从桶里抽出一根很长的透明管,在众目睽睽之下插进了我的肛门,然后顺着大肠小肠向里推送。她向里捅啊,捅啊,捅得越来越深,众人一声不响地盯着墙上的忽明忽暗的影像。她为自己操作的这个检查感到得意,现在,在这个游戏里我变成了女人,她则是男人,我无助地等待,等待这可怕的检查最终结束。

有人敲门。我大声喘息着惊醒过来,这才意识到原来只是一场噩梦,我并没有死于那场折磨人的检查,没有死于一场新而又新的噩梦,那该死的女人即使在梦里也不放过我。我如释重负地舒了口气,平静下来。

难道连我的梦也受她操控?这当然了!除了她,还能有谁呢?也许我现在真的疯了?经历了所有这一切后,真的疯了也不足为奇。

我打开房门,抱起放在门口的纸盒,朝里看了一眼。塑料盘里盛的是一份胡萝卜面条,旁边是一碗漂着苹果块、浇有樱桃汁的奶油南瓜汤,上面还摆着半只梨,梨上面插着一根细胡萝卜。我抱住纸盒,将纸盒的开口处抵在墙上,在前厅的墙上划了长长的一道,然后又在房间里划了一圈,最后,我用窗帘把盘子擦净。公寓里弥漫着一股甜腻的臭气。我肺里吸满了这股可怕的气味。我穿上衣服，出门上班。

秃头上司并没有在他的办公室里，助手也没在。或许他们去哪里打网球了，要么就是在给别人做内窥镜检查？货包已经准备好了，我扛到肩上，推门出去。

今天我该去哪儿？这些家伙怎么在我上路之前连面都不露？莫非今天我将去真正的地狱？那里会是一幅什么景象？所有人都在做内窥镜，同时魔鬼穿着尼龙丝袜围着病人跳舞，用歌唱的语调指着墙上的投影讲解病情？

外面风很大，但阳光明媚。气温不是很冷，背包重得不同寻常，我吃力地走着，朝着熟悉的方向，经过女巫森林寻找新的目标。

当我来到一栋楼前，我感到稍微有些疲惫，这栋楼看起来跟以前我到过的几栋没有什么区别。同样的灰色，楼前和四周不见一个人影。我找到了入口，一扇巨大的没有玻璃的生锈铁门，按响了门铃，然后耐心等待。

一位五十岁上下、穿着灰色西服、身材消瘦、两腮塌瘪、戴眼镜的男人将楼门推开了一条缝。看到我后什么也没说，礼貌地推开铁门，请我进去。我跟着他下到地下室里，走进一个小房间。房间里有一张办公桌，桌后有一把扶手椅，桌前摆了张双人沙发，墙边立着一排摆满文件夹的柜子。毫无疑问，这个阴暗潮湿、长满青苔的地窖就是这个怪人的办公室。

戴眼镜的男人冲我挥了下手，示意我坐到长沙发上，他自己坐到写字台后的扶手椅上。

"你来这里有什么事吗？"他和颜悦色地问。

"我是推销员。"我淡漠地回答。

"我是撒旦，"他自我介绍说，"您有什么需要我帮助吗？"

听到对方说出的这个名字，我暗吃一惊，但是并没有流露到脸上，而是镇定地回答说："你知道，我走家串户地卖圣诞礼品，小天使和小雪人。"

"我知道。"

"你怎么知道？"

"我当然知道。我是这里的总行政官，我必须知道一切。"

"现在，你到底是总行政官，还是撒旦？"

"撒旦就是总行政官。"

"这么说，现在我应该怕你才是？"

"本来你也就怕我，尽管这里看上去并没有什么能让你害怕，不是吗？"

"这里的陈设太简单了，这就足够让人害怕。但是你想说什么？你是撒旦，还是，你是总行政官？我原以为你肯定是一个魔鬼！一个到处杀人放火的邪恶妖魔，四处乱窜，强暴人，咬人，杀人，打人。闲暇的时候，还会炸掉幼儿园、医院和桥梁……"

"难道我发了神经吗？我为什么要炸这个炸那个？"

"为了让人怕你啊！恶人全都这么做，不是吗？"

"其实，恶并不可怕，也是一种平常的品质，在很多时候，恶还会显得很美很有趣。恶是人类造出来的，如此而已，我也一样，我即使烂在这里也不会有人知道。我整天无事可做，只有等待，等着事情找上门，等着有谁来找我。如果来了一位新志愿者，我就会把表格递给他，他填好之后，我的任务就完成了。他从此成为俱乐部成员，开始为我工作，我用不着隐瞒，我主管恶。每个人迟早都会轮上，只是早晚的问题，我的任务只是进行登记，但这份工作就已经足够繁重了。"

"那么，假如有人到别的地方报到，比如说到上帝那里，他想为上帝工作而不愿为你效劳，那会怎么样？"

"从理论上讲有这种可能性，但事实上这样的事情从来都没发生过。每个人都会来到这里为我工作。只是偶尔有人会因为什么感到后悔，离开这里去别的地方报到，但我对这种情况并不在乎，因为他早晚还会回来，话说回来，反正我也没有能力安置这么多的人。"

"每个人身上都有恶?"

"没错,你很聪明!自私、贪婪、奢望、贪图享受……正是这些才使人成为人!善是乏味的品性,对生意来讲没有任何的好处!请你相信我说的话,没有哪个人不会到我这里来报到的。"

"那么,有谁会到上帝那里报到呢?"

"当然有人会去他那里报到!比如,小孩子们,不聪明的人,还有那些由于染上某种疾患而产生自罪感的人,他们会暂时到他那里求治,之后,等他们重又充满活力之后,会重新回到我这里。"

"你是想说,只有傻瓜才去上帝那里?"

"不管是谁,只要他有一点点脑子,肯定会来为我工作!我是发展的保证和权力的化身!上帝所做的,只是廉价的戏法。"

"他在哪里?"

"回头你会知道的!"

"那么,我也在为你工作吗?"

"你是个疯子,一个喜怒无常的家伙!毫无秩序地胡乱工作,但是早晚有一天你会来我这里报到的,到时候你再填这份表格!"

"你认为,地球上的人也在为你工作吗?"

"那当然了!可以这么讲,活在下面的人,绝大多数都是属于我的,但这很正常!因为我是智慧和理智的化身,只有蠢人才总会被情感左右。你跟我实话实说,既然情感中没有任何的利益,那么人类还要情感做什么?有谁曾从情感里——比方说爱情里——获得过什么好处吗?爱情只会给人带来无尽的烦恼,会使人变得荒唐可笑!天真的上帝只会射出小小的爱情之箭,让人们尽可能幸运地结成伴侣,可是现实中的情况并非总如他所愿!他迟早都会发现,人类的本质是脆弱的,他们贪得无厌,欲望无穷,彼此争斗,相互出卖,最后他会意识到,最简单的解决办法还是把他的灵魂交给我管,然后放弃救世的幻想以获得安宁,让人类为我工作,让他们喜欢上现实,让世界自然而然地发展,该怎么样就怎么样,随遇而安;总有一天他会幡然醒悟,这要比让他们拼命追寻那些转瞬即逝的所谓'幸福'要好得多。

"不管怎样,我还是相信在我的生命中会有快乐、成功、无忧和美好!还有跟你较量的必要和意义!"

"也许吧!不过早晚你都会明白,这种努力是白费气力。怎么,想好了吗,要不要给你一份表格?"

"那我们先做一笔买卖!你买下我这些垃圾玩具!"

"我买他们有什么用?我这里的人已经够多的了,我连他们都忙不过来,现在还让我买下这堆没用的破烂?"

"当然有用！它们会让你的办公室变得好看，有家庭的气氛！"

"作为交换，我能得到什么？"

"你想得到什么呢？比方说，想跟一个女人在游泳池里打滚吗？"

"嗯，说不定这真是一个好主意！我总是憋在这个潮湿昏暗的地下室里没完没了地工作……"

"那我们一言为定！你给我一笔钱，我为你组织一场性爱狂欢舞会！行不行？"

"行，说定了！那你填一下这份表格？"

"别再跟我提什么表格！不是你自己说的吗，即便我没有填它，我也已经给你干得够多的了？如果填了这份表格，以后我还要给你干多少的活？！现在你赶紧把钱给我，我马上帮你组织一场令你难忘的狂欢！"

"我拿这些难堪的娃娃做什么？"

"送给报名者做礼物！"

"但这些并不是我公司的广告娃娃！"

"那不正好！正好可以戏弄他们！想来你是可憎的撒旦，本来就欺骗所有的人，不是吗？"

"你真是一个混蛋！那好，你把它们堆在角落里吧！"

我把娃娃堆在地下室的一角，直起腰来，他用手指在我的背包上轻轻一点，包里顿时塞满了钞票。

"谢谢你！"我说。

"你是应该谢我！去吧，别忘了赶快去组织狂欢，不然你会受到惩罚！"

我背起钱袋，朝门口走去。他礼貌地把我送到门口，叹了一口气，有意让我明白，他还有那么多的工作要做，随后在我身后关上了房门。

嘘，今天我见到了撒旦！他是多么的友好和彬彬有礼。他既聪明理智，现实得冷酷，同时又是那么乏味。不管怎么说，我用不着怕他！我有本事把这么多垃圾卖给他！嘿，可恶的母神，你这个畜生！我把垃圾卖给了你和撒旦！这么说，我在此之前只是跟他手下的人在做生意？那么，别的人都藏在哪儿了？管他呢！可恶的母神，我给你物色了一个情人，回头你可以把他扔到游泳池里大卸八块！也说不定，至今为止都是你们俩在一起演戏，只是把我蒙在鼓里？

我拖沓着脚回到巨大的建筑物内，径直朝办公室走去。秃头上司已经坐在那里等着我了，他看上去就跟他的同事撒旦一样，无法掩饰住内心的好奇，简直不相信自己的眼睛，我居然跟他的老板做成了一笔买卖，我把那么多的垃圾卖给了他。

"你要给你最优秀的经理准备一些正经的食物！"

我用轻描淡写的口吻对他说，随手将塞满钞票的背包扔到了他的办公桌上，转身离开，随手重重地甩上了房门。

当我躺在浴缸里泡澡时，我又想起了水果女王。我为什么会梦到那该死的内窥镜？她到底想把我怎么样？要么让我滚蛋，要么让我晋升，怎么都比捅我的屁股要强！要知道，我是她最优秀的士兵！让秃头上司替我去塔楼里，到魔鬼中间兜售那些娃娃去吧，回头我会跟助手一起研究出一个更好的发展方案！我有许多的好主意！我可以给整个超市带来翻天覆地的变化！在这里，有那么多的东西可以卖给那群傻瓜！跟我的销售能力相比，这里人的智商都在普通水准以下！他们怎么能领导这样一家庞大的公司？

当我从浴缸里爬出来时，房间已经被打扫过了，在饭桌的正中央，一个三层的三文鱼蛋糕在等着我，但蛋糕的最上层，装饰了一个彩色的小雕塑：母神穿着新娘礼服骑在我身上，骑在已经被她降服、无可奈何地躺在那里的新郎身上。

## 第十八节

匹诺曹,一个套着小熊绒衣的木偶娃娃,穿着旱冰鞋躺在我的床上,躺在我的身边,十分得意地冲着我微笑。他的脸上抹着奶油和巧克力。他的脸是那么的臭,臭得就像黄鼠狼身上的味道。我想把他从床上踹下去,但他就是不下去。

"我打搅你了吗?"他用一副无辜的表情问我。

"快给我滚,你这个该死的东西!肯定是撒旦派你来的!"我冲他嚷道。

"撒旦?撒旦是什么?"

"撒旦就是那个不让你的老爹给你装上心脏的家伙!"

"为什么不让?"

"因为那样一来,就不会再有人买写你的那些书了!"

他憨憨地笑了笑,然后举起了他的一只手,指着我,牙齿咬得咯吱作响。就在这个瞬间,我突然变成了小锡兵。

"别这么对我,你这个坏蛋!我从早到晚都卖娃娃!到头来,你居然还把我变成了娃娃!"

"你对我们这些玩具娃娃太邪恶了,现在却在这里向我求饶,想让我心软,但我的心不可能软!你没心没肺把我们胡乱卖给别人,现在凭什么想要我们对你好?"

"这主意并不是我想出来的!"

"但东西是你卖的!为什么你不卖你自己呢?"

我狠狠地踢了他的肚子一脚,尽管我锡铁皮做的身体行动很艰难,但这一脚还是成功了。他从床上掉了下去,鼻子哼哼地躺在地上。这时候我看到,在他的身后,从他的裤子里露出一个大洞。

"你喜欢男孩,对吧?你是怎么跑到我的床上来的?"

"天使工会和道德委员会派我来的,由于我是用硬木做的,他们要我强奸所有那些对我们犯下罪行的人!你很清楚你对我们都做了些什么。"

"真有这样的蠢事?"

木偶跳了起来,扇了我一个大耳光,我的锡铁皮脑袋当啷一声,自己转了好几圈。我恼火地开始威胁说:

"你们别再招惹我,否则我会在所有的天使娃娃身上写这样两行字:'无论在人间,还是在天堂,这些肥胖、自慰、大肚腩的小东西懒惰而遥远的存在是所有不幸的制造者',然后我会把它们一个个分别扔到马桶里用水冲掉!"

他变得迟疑不决,只是一个劲地转动那双愚蠢的眼睛,随后我用力抽了他一个嘴巴,他摔到了地上,散成了几块,后来他终于清醒过来,慌乱之中把手和脚安错了位置,他动作古怪地从我的房间里爬了出去。

有人敲门。那幅奇怪的画面在我眼前开始变得暗淡,最终消失……原来又是一个怪梦,不过我很喜欢这个梦,因为我终于有了一点点成功的体验。至少我抽了匹诺曹一记大耳光!但是,为什么对于天使,我要这样地良心发现并毫无条件地站出来保护?既然他们是那样的善良,为什么他们不来帮助我呢?

我打开房门。门口又不见人影,放了一个纸盒。我抱起盒子回到房间,坐了下来。现在他们又送来了什么可怕的早餐?

我打开纸盒。里面放了一盘南瓜汤,表面漂着几枚果脯,还用巧克力粉做了装饰,正中央是一块蜂蜜面包,并用一块小镜子和许多心形小糖丸装点成图案,描绘出母神的巨乳、肥腿和微笑的脸,在大腿之间有一小道粉红色的划痕。

我端着盘子走到安装在墙上的收音机前,小心翼翼地把黏糊糊的南瓜汤倒在了上面，并将蜂蜜蛋糕放到皮沙发上，然后猛地坐上去，用屁股碾压，随后我穿好衣服，走出家门。今天我将会遇到谁呢？是不是会遇到什么小精灵、鬼怪、残疾人、魔法师、电工、训狗师、健身男，或杀手？办公室里还是空无一人，背包已经准备好了，我扛到肩上，转身上路。

屋外很冷，但阳光普照。天气很好，到处都洋溢着春日的氛围，静谧而平和。我摇摇晃晃地穿过停车场，走得不紧不慢，想来这段路对我来说已经很熟悉了。我平静地从我的第一个牺牲者所住的那栋楼前走过，然后走过野蛮厨师的烹饪中心，走过假神父的祈祷堂，走过那些玩成年人游戏的孩子们的堡垒，走过那片阴森可怖、充满敌意的僵尸森林，走过撒旦那家阴暗潮湿的审计中心。

当我看到下一栋塔楼周遭的环境时，惊愕地愣住了。在庭院的中央有一眼丑陋、塑料做的白色喷泉，旁边有攀登架、桌上足球、眼看就要散架的浅棕色皮沙发和沙发床、满地乱扔的床垫、儿童剧的道具、木马，在它们的后面耸立着一栋非常破旧的、被刷成白色的水泥板楼。一个头发花白、蓄着长须但体力充沛、面色红润的老人坐在一张皮沙发里正在阅读着什么。我走到他的跟前。

"您好!我是推销员。我想向您展示几件有趣的产品!"

"推销员?推销员是什么?"

"推销员,就是说服客人采购优质商品的人!"

"采购?采购是什么?"

"采购,就是交换!您给我钱,我给您娃娃!"

"钱?钱是什么?"

"印有数字的纸条。"

"那娃娃又是什么?"

"我马上拿给您看!"我说,从背包里掏出一对样品。

"噢,真可爱啊!这是什么东西?"

"这是一个天使!"

"天使?天使是什么?"

"天使是能够在你遇到麻烦时帮助你的人,他能创造奇迹。"

"麻烦?麻烦是什么?"

"怎么,您真是个傻瓜吗?"

"傻瓜?傻瓜是什么?"

"您没见过天使吗?"

"见?见是什么?"

"请问,您是谁?我已经向您做了自我介绍,您却在这里拿我开心,像个幼儿园的小孩子。"

"我是谁?我的朋友们管我叫上帝。"

"那您怎么会不知道天使是什么?他们是您的同事啊!"

"同事?同事是什么?"

"求您了!别再耍我了!您肯定是一个好人,您不想帮我一个忙吗?我能不能给您留下几个漂亮的娃娃?您给我一些印有数字的纸条,您家里肯定会有很多,之后我马上就走,不再给您添乱……"

"你还急着去哪儿吗?"

"当然啦!我还有许多的事情要做!"

"有没有兴趣跟我打一会儿羽毛球?"

"没有!"

"那我也没有兴趣跟你交换!"

"哦,那好吧,我们打一会儿羽毛球!另外,您在读什么书呢?"

"一本五年级的生物课本。"

"有意思吗?"

"当然!非常有意思!里面讲了许多有意思的动物和植物!"

"这些您从来没有听说过吗?"

"没有!"

"可是，下面的人都这么说，这些东西都是您创造出来的！"

"下面？下面是什么？"

"地上啊，地球上！您不记得了吗？在很久很久以前，您曾创造了一个星球，并在那里创造了许多的生灵，目的就是为了让他们死去！"

"我？我不认为这会是真的。也许是很久很久以前的事情吧，我已经不记得了。"

"也许那时候您还很年轻，大概在两百亿年前。"

"年轻？年轻是什么？"

"好了，不说这个了。您去拿球拍吧，然后咱们打一场球，但有一个条件，打完球您一定要跟我交换，好吗？"

"行！"他高兴地说，然后一跃而起，转身跑了，很快他取回了一对羽毛球拍和一只羽毛球。他朝我挥了下手，我们俩来到塑料喷泉旁，他将一把球拍塞到我手里，随即将球发到了空中。我们安静地打了一会儿球，之后我说：

"我想问您，这些东西您是从哪儿弄来的？"

"很久很久以前，一个商人把他们运到这儿的。"

"作为礼物留在这儿的？"

"他遇到了什么紧急的事情。他请我帮他看管一下，直到他回来。"

"可是,这些破烂有什么好看管的?没有哪个人会想把这些破烂拉回家!会不会是他骗了您?您拿什么跟他做了交换吗?"

"没拿什么啊!他只是说,从此之后他将帮我完成我的那份工作,我只需要坐在这里看管这些东西,直到他回来。"

"他看上去什么样子?"

"哦……样子很平常,戴一副眼镜,有点秃顶,穿了一件灰色西装,我已经记不太清楚了……"

"我明白了,那是撒旦,您也真够糊涂的!"

"撒旦?撒旦是什么……"

"一位公务员!世界的总行政官!他向您,向整个愚蠢的世界征税!"

"税?税是什么……"

他球打得不错。虽然他的年纪已经很老了,但身体柔软,行动矫捷,脸上很有棱角,五官标致,性情仁慈。

我感觉自己很滑稽。我在这里跟上帝打羽毛球,而他对一切都一无所知。他不仅不管地上的事了,也不管天堂和撒旦了,甚至,他连自己的住处都不再管。不管怎么说,他这个人挺可爱,而且这么幼稚,我还从来没见过这么幼稚的人。

"你在想什么呢,我的孩子?"他忽然问。

"我在想,您有没有印了数字的纸条!"

"我的钱,你这个小傻瓜?"

听到"钱"这个词,我吃了一惊。莫非他一直都在跟我装傻?

"对,您的钱,你这个老东西!"我边说边恼火地猛扣了一拍。我的身体立即感到像被电击了一下。

"嘿!老家伙,你这是干吗?"我火了起来。

"跟我说话不要不干不净,否则我会让你满地打滚!"他慢条斯理地说。

"看来您并不像您装出来的那么傻!"

他没有回答,只是微笑。

"既然您并不傻,那为什么不好好地收拾一下,把这里布置得有一点秩序?"

"秩序很无聊。假若没有混乱、死亡和杀戮,那么就不会有让人兴奋的小小历史,我便无法想方设法地搞一个大团圆的结局。"

"这么说,我们之所以承受这所有的痛苦,只是为了能让您有机会展示您的仁慈?"

他再次沉默,没有回答,并且再次用电流惩罚了我,只是微笑不语。我继续追问:

"请您跟我说实话，莫非您不过是一名再普通不过的产品经理？您关心的不是别的，只是您自己的生活本身？我们只是您这座巨大超市众多货物中的一款劣等产品？"

他一声不响地接球，击球，过了一会儿他终于开口。

"我是一位好经理！事实上，我为每个人都提供了他们想在我的超市里买到的所有商品！他们所付出的代价只有一个，他们自己也变成商品，变成玩具，因为只有这样，我的买卖游戏才可能这样无终无止地进行下去！"

"那您跟撒旦的关系怎样？你们经常争吵吗？"

"我们为什么要争吵？我们俩是好邻居，有的时候会在这个院子里一起烧烤，聚餐，顺便聊一下我们的商业计划。"

"他邪恶吗？"

"他只是工作而已，完成他的本职任务，他是这个世界上最忘恩负义的机器人！"

"杀人吗？"

"如果真那样就好了，那样至少还能让人觉得有趣；他只是埋头办事，办理许多的行政琐事。如果他出色地完成了任务，又不想跟我打羽毛球，要知道，有的时候不管给他多少钱他都不想打,那么我会允许他玩一会儿我的电脑。在这种时候,经常会在地球上引发一点小小的灾祸,比方说,沉了一艘船,爆发一场战争,或发生一次地震;但是每隔一段时间,我不得不允许他玩这么一次,调动他的积极性,不然的话,如果没有休息和游戏,他会跟我怠工,不愿意完成如此繁重、枯燥的工作任务。"

"您为什么不阻止他呢,为什么不阻止让成千上万的人死于大火、战争或地震?为什么不阻止人们以这样或那样愚蠢的方式丧生呢?我看您也有一点邪恶,不是吗?"

"你听我说!只要我稍微加强一些纪律上的管束,撒旦就可能会立即辞职,撂挑子不干。他就会跟别的白痴一起结盟,那样一来,地球上死的人就不是成千上万了,有可能整个的人类就此消失,整个的地球都可能毁灭。值得庆幸的是,他非常喜欢玩我的电子游戏,所以才没有离开这里!"

"那您为什么把我弄到这里来?"

"你?我怎么知道?你不是被那个水果女王派到这儿来的吗?"

"等一下,我正想问您呢,那个水果女王到底他妈的是个什么人?"

"她是母神！是你、我和我们所有人的母亲。在很久很久以前，她只是没完没了地生育，后来她感到厌倦了，就变成了一位农妇，很喜欢在田里干活儿，种蔬菜、种水果；后来她又干腻了，就来到我这里当女清洁工，但是她的性欲实在太旺盛了，简直让我受不了。她总是想要跟我、跟撒旦、跟所有人做爱，后来我们谁都忍受不了她了，就想出了一个办法，专门为她设置了一个总经理的职位，让她从别的地方寻找牺牲品。"

"刚才您说，在这里，出于您的仁慈，不管谁想得到什么您都会给予。那么您能不能帮我办一件事，能不能让我回家呢？这里对我来说太可怕了，刀山火海，苦难无边，我实在忍受不下去了！"

"归根结底，一切都是生意！"

"那好，您想从我这里得到什么呢？我能够给您什么呢？话说回来，我有什么东西你们不能够直接拿走？"

"很遗憾，这件事情我帮不了你，我的朋友。我只是这里的荣誉主席，权力的象征，对公司编制、职工问题之类的日常事务我从来不管！"

"那么撒旦呢？他能不能帮助我？"

"噢，他可没那份精力！那个可怜的家伙，他已经忙得头脚朝天，只盼着能够到我这儿来串个门，跟我一起聊一会儿天，喝一口小酒。"

"我要是把母神杀死呢?那样一来,所有人都能够解脱了!"

"这个主意不错,因为那样一来,世界的末日也就到了,你这个小家伙也在劫难逃!告诉我,她到底怎么惹到你了?"

"她总是想要强暴我!简直是个虐待狂!"

"你看,别的我也帮不了你什么,只能往你的包里塞些钱,之后你试着跟她达成一个协议吧。"

"可是,如果我真的干她,她又不肯,实在弄不清她的心思;如果我不干,她又会因为这个报复我。"

"我很遗憾。我们再打一小会儿球,然后就做买卖!"

我们又打了好一会儿羽毛球,我累得筋疲力尽,当老人家不想再玩时,夜幕已经降临。他走到沙发前,掀起了皮坐垫,从垫子底下掏出一个塞满钱的布袋递给了我。我打开我的背包,从里面掏出泥娃娃,并排摆在塑料喷泉的水池边缘,然后把钱塞进了背包。

老人家站在那里,欣赏这些娃娃。他将娃娃逐个拿到手里,仔细端详,和蔼地抚摸。他是那样的温柔,那样的快乐,以至于让我开始感到很不自在。我向他伸出手,与他告别。

"谢谢您,老家伙!"我说。

"你有没有兴致再陪我玩一会儿弹球？"

"没有！"我拒绝得毫不犹豫。

"那好，保重！"老人家并不勉强我，边说边从衣兜里掏出一个小纸包递给我。我打开一看，里面是几块新鲜的小点心。

"这真是个老小孩。"我心里暗想，然后向他挥挥手，转身走了。

点心的味道很像蜂蜜面包，由于打球时剧烈的弯腰弹跳，我感到腰酸腿疼，但这对我来说算不了什么。比这糟糕许多倍的日子我都经历过了，恐怕这样的日子还会有很多。

## 第十九节

我在云海里旅行,感觉脚下踩了棉团,或踩在轻盈、柔软的鸭绒枕上。是的,我在无边无际的蓝天里踯躅、漫步。我在漂浮、游弋,享受自己的存在。这个天堂还是很美好!比最好的温泉还要舒服,在那里灵魂的蒸汽飘向高高的天花板,让我彻底摆脱掉凡世的重量。

小天使们从远方向我飘来,当他们距离我已经很近的时候,我这才注意到他们小巧、白色、敦实、纯洁的身体,而且都是些天使少女,我还看到了她们晶莹透彻的无辜目光;要知道,她们这副无辜的样子简直让人看了恼火。她们分别落在我周围的一片片云上,或坐或蹲,安静地微笑,过了一会儿,其中一个天使拿出一副棋,另一个亮出乒乓球拍,第三个取出一副室内游戏,第四个捧着书籍,第五个抱着斑点图案的皮球,她们开始有说有笑地一起游戏。所有的天使都赤身裸体,只有她们的手和脚用枫叶遮盖,在她们的脊背上都长了白色、闪亮的小翅膀,轻盈地扇动,简直让我看呆了。

我心怀嫉妒地看着她们，心里暗想，我即便绞尽脑汁，也不可能想象出比这更变态的场景！我作为一个新晋升为天堂推销员的活尸躺在这里，躺在云端，一丝不挂地注视着这些美妙的小天使在玩一点都不纯洁的游戏，在这些游戏里，很可能与"刺刀"有关！为什么不呢？话说回来，在天堂里每个人都可以跟每个做爱，那么现在，此时此刻，为什么我就不可以帮他们一下忙，使这个美丽、和平的场景变得更完美呢？

我趴在云彩上，为了不让她们看见我逐渐变得亢奋的、指向她们和蓝色虚空的欲望刺刀，我努力做出一副微笑的样子，好让自己在这些天真的少女眼里显得更加友善一些。她们意识到了我的靠近，垂下了眼帘，随后停下正在玩的游戏，其中的一个开始梳理她乌黑发亮的长发，另一个若有所思地抚弄自己的小胸脯，其他的天使们则躺在云端，躺在她们天堂的小床上微微叉开双腿出神地遐想。

我的刺刀穿透了我身下托着我飘拂的白云，我能感觉到自己在向前飘去，但是无论我怎样努力，都只能无限地趋近，无法靠近。小天使们越来越掩饰不住对我的欲望，不仅是她们渴望的眼神，而且还向我伸出了小手，让我攥住她们的手跳到她们的云朵上，然后我们拉着手一起坠落，坠落到天堂的正中央。

就在这时，突然有一片云从我们身边飘过，上帝就坐在那片云上。老人家鹤发童颜，面色红润，显得很开心，穿了一身童子军制服，他已经掏出了羽毛球拍。我假装睡着了，我的刺刀也立即收回到刀鞘里，我不得不郁闷地接受这个现实：这场幻想中的空中销魂已烟消云散。上帝微笑着将羽毛球拍递向我，等着我，期待我能兴致勃勃地开始跟他玩。

我继续假装睡觉；他摘下他的背包，走到我跟前，静静地观察了我一会儿，然后躺到我的身边，开始抚摸我的脸。我感到毛骨悚然！这家伙想要干什么？总不会是想？

我怒不可遏，心如火中烧，真想一脚把他踹开，这时候我已经无法继续装睡。我猛地睁开眼睛，发现正躺在自己的房间里。我听到敲门声，但我没有立即爬起来开门。有什么必要去开门呢？反正送来的都是些垃圾早餐，我厌恶得已经无以复加。我站到喷头下冲了一个冷水澡，心里琢磨，到底怎样才能从这可怕的陷阱里逃脱？随后我穿好衣裳，出门去完成我新一天的奴隶使命。我抱起摆在门口的纸盒，直接到了办公室。秃头上司满脸愁容地坐在写字台后，美女助手却精神焕发、一脸开心地坐在他旁边。

"怎么了，老板？为什么这样不开心？我给你送来了一小份美味的早餐！"说罢，我将手里的纸盒朝他头上砸去。他一动不动地坐着，躲都没躲。

"你去楼上见公司总经理吧！她在办公室等着你呢！"他愁眉苦脸地说。

这个疯狂的母神找我又想干什么？莫非我昨天新结识的朋友为我说了什么好话？当然，也说不定等着我的将是严厉的惩罚，因为我昨天一不小心说走了嘴，我说想要杀掉她？我爬到了顶楼，穿过高大的厅堂，来到一扇大门前，我惴惴不安地敲门。门开了，展现在我眼前的是一幅出人意料的场景。

在宽敞明亮的大办公室内，地板上铺了一层厚厚的稻草，大约有二十头奶牛眼神茫然地站在那儿。我走了进去，身后的大门关上了，我鼓足了勇气走到温和的牲畜中间。在"牛棚"的正中央，水果女王一丝不挂地坐在一个小马扎上，穿着一双黑色的橡胶靴子，头发盘成了一个发髻，当我朝她走过去时，她抬起头来望着我，继续微笑着为奶牛挤奶。鲜奶不断地射到放在她跟前的一个铁皮桶里，她只是微笑，微笑，微笑。

"你好，母牛！"我神色冷淡地跟她打招呼。

"你好，我可爱的小公牛！"她的语调亲热欢快。

"你又想出了什么蠢事？"我心里已经做好了最坏的打算。

"蠢事,蠢事,对你来说什么都是蠢事!见到我你不高兴吗,我的小宝贝?"

"不高兴!"

"可是我有好消息要告诉你哟!"她一边说一边继续挤奶,她的乳房左右摇摆,就像两只风中的铜铃,大小跟奶牛的乳房不相上下。

"好吧,告诉我有什么好消息?终于要把我送回到地上,终于放过我了?"我从她的语调里没有感觉到凶兆,所以稍微放松了一点,反问她。

"那你是做梦,绝不可能!"她不假思索地一口否决,"你怎么会动这个脑子,居然想要回去,回到地球上?你在那里的生活真有那么好吗?想来,这里的环境要优美许多,也舒适许多,另外,你在这里取得的业绩,也要比在下面成功得多!"

"那里的瞬间,胜过这里的永恒!在这里的世界,一切都被疯狂统治着,相比之下,下面的生活要比这里的人性得多。"

"你到底不喜欢这里的什么?"

"你们关心的只是该死的生意!只是盘算,发展,计划!这一切到底有什么意义?!你们总是在计划,策划,规划,似乎生活中的一切只有归于理性才有意义,而事实上根本就不是那么回事,生活的意义恰恰不是理性！你们的世界是这样的病态，充满了谎言，本身就是一个噩梦！"

"哦，既然你是这样的聪明，那你就想办法改变它！"女人说，然后站了起来，慢慢地朝我走过来，"从今天开始，我任命你为我们公司的总经理！你的才华出众，能力超群，出色完成了所有最艰巨的任务，每次都能取得巨大的成功，成绩斐然！从今天开始，你是这里的老板，我退居二线！祝贺你！"

说完，她兴奋地伸出两只手勾住我的脖子，微笑着用巨大的乳房顶住我的胸膛。

"在这里当总经理无异于死亡！"

"那当然！本来你就是一个死人！"她大笑着说，"我会给你安排一位女秘书，你认识她，此前她是你上司的助手。现在我把她派给你，她会在各方面帮助你。公司的各个部门都会为你工作，所有人都将听从你的指挥。回头你就会知道的，权力是一样多好的东西！"

"那我的上司呢？"

"我已经把他降级了，他将重新回到推销员的岗位，直到他也取得像你一样可喜的业绩。以后你将在这里工作，这个办公室归你使用，你将在这里接见你的下属，跟他们一起制定计划，讨论前景，你向他们分派任务，奖赏或处罚，提级或降级，设计新的蓝图或修改旧的方案，你要好好地、聪明地工作，要比我们干得更好。以后，你就住在隔壁的这套豪华套房里，好好享受你未来的生活！"

"我不能接受这个任命！"我当即回绝，一是不相信这是真的，二是事情发生得实在突然，我一时无法判断此刻的吉凶。

"这种话你可不要说，我的小宝贝，否则你会后悔的！难道你想让我把你派到撒旦那里当秘书，每天从早到晚做愚蠢的记录？或者我派你到上帝那里当他的球友？要么就回到超市继续去卖海员牌饮料？"

她抓住我的手，向后倒下。她仰面躺在厚厚的稻草上，我则趴到了她的身上，我的脑袋被夹在了她的双乳之间。她笑了起来，呵呵，哈哈，咯咯，嘎嘎，笑得浑身哆嗦，没完没了。

我闻着牛粪的味道、新鲜稻草的气味、从女人嘴里散发出来的臭味、从她身体上散发出的汗味、牛奶的甜香和酸馊的尿味，感觉出于意料的舒服！终于有了生命的感觉！当我还努力挣扎着试图从她那对左右摇摆、上下滑动的巨乳之间，从那两个浑圆的南瓜或西瓜的囚禁中逃脱时，她已经迅速、巧妙地找到了我的敏感点并使我的整个系统亢奋起来。我像一个已经被按在地上了的摔跤手，最终未能从她强有力的怀抱中挣脱出来，但是就在这时，在美丽白云上的那些天使少女忽然浮现在我灵魂的眼前，她们现在正用忧伤的眼神俯视我，有的在梳她们的秀发，有的在天堂的瀑布里沐浴，有的一脸羞红地陷入幻想，有的则对我嗤之以鼻，因为她们意识到本来我该跟她们一起在蓝天上快活，现在我却跟这头可怕的母牛一起在被粪尿浸透了的稻草上玩涅槃重生的游戏。就当天使们从高空用忧伤的目光与我告别时，壮硕的母牛已经开始在我身上发起了攻击，将牛粪塞到我的嘴里耳朵里鼻子里，抱着我满地打滚与我高兴地戏耍，用蹂躏与强暴庆祝她帝国的新生，祝贺我为公司至高无上的利益作出的卓越贡献。

事情板上钉钉，她已经做出了决定，想来在这里也没有别人能够做出决定。她强迫我当上了经理！总经理！母神，这位穿着黑色橡胶靴的牛粪女王，让我当上了天堂最高层的总经理，她紧紧抱住我，不让我用鼻子喘气。我们不断地翻滚，翻滚，她不停地微笑、大笑，最后将挤出的牛奶全都倒在了我的脑袋上，随后她抓住一只奶牛的乳房，用力挤捏，让牛奶射到她自己脸上，她满脸牛奶地嘎嘎大笑，说她现在脱胎换骨变成了天使，她让自己硕壮、肥胖、沾满牛粪的身体变成了天堂的尤物。

我变成了侏儒。一个从属于巨乳的小侏儒，我在身不由己的奴役游戏里，晋级越高，也越渺小。曾经的美好时光都到哪儿去了？曾几何时，我还有胆量戏弄这个病态的怪物，将她巨大的乳房像水果一样地放到秤盘上。那些至少能跟我交谈的朋友都到哪儿去了？我可以跟小侏儒聊白铁皮棺材，跟戴金表的汉子聊金发女郎，还有那个在夜深人静时醉醺醺抽泣的胖工头。

我曾很渺小，曾是一个无能的小人物，曾经比藏在洗衣机里的木乃伊们更加无能，比那些把避孕套当成口香糖嚼的残疾人更无能。在这台庞大的商业机器里，我曾是最渺小、最无能的一枚螺丝钉；但是从现在开始，在这台巨大的销售机里，我似乎拥有了万能的权力，作为一位老板或一位总经理，摇身变成了要为这所有的邪恶和整个体系疯狂的运转负责的最大的恶魔！

母牛女王从我的体内吸走了最后的一点能量，之后站了起来，而且总是那样的精力充沛，仿佛刚才她什么都没做过，她穿上衣服，吹了一声口哨，满脸微笑的女助手立刻出现在门口。女助手走了进来，搀住我的胳膊，我们吃力地走出了这座牛棚，这个已经属于我了的帝国。这头可恶的母牛大笑着冲我的背影飞了几个吻，然后心满意足地扬长而去。我在女助手的搀扶下走进正对面一扇开着的门。

我们跨进了一套豪华公寓。房间里摆着价值连城的时尚家具,浴室里有游泳池,在阳光充足的饭厅里,在巨大的餐桌上摆满了蜡烛和一盘盘多得难以计数的佳肴美味。女助手开心地冲着我微笑,轻轻抚摸我的身体,想要脱掉我的衣裳去淋浴,但我迅速推开了她的胳膊,蹲到一个角落里,我冲她打了一个手势,表示别再打搅我,让我安静一下,随后安静地睡着了。

## 第二十节

我们站在一座巨大的中世纪城堡的庭院里,我们等待着,等待骑士们纵马出场互相厮杀。他们对自己单调的生活感到那样的厌倦,因为一天到晚总是打猎、酗酒和卧室体操,所以他们决定厮杀比武,稍微流点血,发生一点什么。我穿着一身又脏又臭的破烂教袍挤在那些你推我搡地聚集在决斗场周围的穷人们中间,心惊肉跳地等待着第一条被砍断的胳膊落地的钝响、眼球爆裂的声音,头颅滚到积尘最多的角落,好让野狗能够朝它上面撒尿。

骑士们已经翻身跃上了马鞍,勒马伫立,手里的流星锤闪着寒光;他们戴着头盔,手执盾牌,全都盯着主持决斗的国王的手,等待他发出开始决斗的指令。国王大手一挥,骑士们立即策马奔驰,以闪电般的速度冲向彼此,长矛猛地刺向对方的盾牌,后来,他们都从马背上摔了下来,继续在草地上殊死较量。一位身材较高、体格较壮的骑士抢着流星锤,迈着杀气腾腾的坚定步伐朝另一位身材较矮的冲过去，后者迅速挥剑稳步后退，试图避免短兵相接。后来，高个子骑士走到了矮个子骑士跟前，抡起流星锤砸到对方的盾牌上，矮个子骑士脚下打滑，摔倒在地，但还是反应敏捷地一剑刺中高个子的头盔。

空气顿时凝固。两位骑士都一动不动地定在那里，等着看对方如何继续出手。两人相持了几秒，静止的画面重又开始滚动，高个子骑士出人意料地突然将流星锤扔到地上，摘下头盔，脱掉铠甲，躺到了地上。矮个子骑士愣住了，不知所措地等了一会儿，随后也丢下了宝剑、头盔和盾牌，屈腿蹲下，向对方俯身……两个年轻人目不转睛地对视了许久，而后突然开始接吻。

围观的人群感到不满，吹起了口哨，开始喊叫，他们不喜欢这个场面，他们想要看到的是流血，流血，流血，而不是这样不光彩的结局。两个骑士都越来越亢奋，热烈地接吻，将舌头探进彼此的嘴里，当着所有围观者的面，旁若无人地在草地上拥抱，翻滚。矮个子解开了高个子的腰带，扒下他的裤子，而后摘下自己的胸甲……就在这时，从围观的人群里走出一个身高马大、面色黝红、看上去像一个酒馆老板娘的妇人，穿着一件灰色的粗布长衫，手里攥着一把巨大的斧头，凶悍地朝他们扑过去。还没等两个年轻人醒过味儿来，锐利的斧刃已经砍到了矮个子骑士的脖颈上,随后,妇人再次抡起斧头,朝躺在地上的高个子砍去。两颗人头悄然无声地滚到了草地上。鲜血喷射到妇人的脸上,她的衣服也被血水浸透,但她仍旧没有直起身子,而是继续劈啊砍啊,砍向两具一动不动的尸首,就像一位发疯了的亚马逊女战士,她砍断了骑士们的腿和胳膊,劈开了他们的五脏六腑,将他们剁得血肉模糊,与此同时,围观的人群兴奋地呐喊,快乐地鼓劲,人们的情绪沸腾到顶点。

我的上帝啊!这是母神!被她用斧头剁成肉酱了的两名骑士不是别人,而是上帝和撒旦!这可怎么好?从今以后不会再有善恶了吗?也许从来就没有过?他俩是怎么跑到这里来的?这是什么音乐,这一切到底是怎么一回事?莫非这是一场嘉年华的狂欢,为了庆贺两个被砍得面目全非的骑士可耻的惨败?

我在一张巨大的、挂着帷帐的席梦思床上醒来,床头的大喇叭里播放着文艺复兴的欢快音乐,叮铃悦耳地提醒我,一个新的工作日又开始了。我睁开眼睛,看到有几位侍者正在我的餐厅里忙碌,他们蹑手蹑脚,轻拿轻放,生怕打搅了我的噩梦;穿着黑色衣服、裹着白头巾的妇人们已经为我准备好了好几套西服、衬衫和皮鞋供我选择。

我慢慢地坐了起来,向仆人们打了个手势,示意他们走开。他们毕恭毕敬地弓腰从命,小心翼翼地退了出去。之后,我迷迷瞪瞪地摸到高大宽敞的浴室内,痛痛快快地呕吐了一阵。

现在我被俘虏了。现在我真的被俘虏了,因为他们把整个这座恐怖的死亡工厂交给了我!现在我将为此负责,为他们所做的这一切蠢事负责。我将成为愚蠢的恶棍,我必须绞尽脑汁,聪明地为这台冷酷运转的"商业机器"设计程序,制定计划,他们将狡猾地躲在幕后指挥操纵。现在我该怎么办?如果我不从,反抗,他们会把我投进某个阴沟的深处当实验潜水员,或把我埋在高速公路的中央只露出我的脑袋,用来检测他们新发明的大货车轮胎的摩擦力。

我听到有人轻轻地叩击我的浴室门,随后,女助手推门进来,笑容可掬地看着我一丝不挂地低头喝咖啡,我不时地侧头啐一口唾沫。过了一会儿,她用亲切但严厉的语调提醒我:

"总经理先生,请您抓紧一点时间!最高管理委员会的成员们已经在会议厅里等您了!今天是您的就任仪式,同时要做全年总结,还要公布新的战略计划。"

我的肠胃开始痉挛,我又吐了一阵,随后如释重负地直起腰来,洗了把脸,我走进房间,开始穿衣服。衣服的式样和料子都很棒,柔软、舒适,无可挑剔;皮鞋也很合脚，做工精细，但不知道为什么我还是不喜欢。感觉像一身梦幻中的衣服，或是马戏团的演出服，不管穿上去怎么好看，但都不是我的。穿着这身衣服，我觉得自己像个大傻瓜。我打了个手势，我们一起出了门。

我们来到了昨天挤牛奶的地方，但我简直不能相信自己的眼睛。现在这里看上去就像是一座古老大学的图书馆，在红木书架之间，在会议室的中央，围着一张长长的会议桌已经坐好了十个人。母神穿着一袭式样典雅的紫红色天鹅绒长裙，像女王一般端坐在主位，她看到我进来，朝我招了下手，示意我去到她的跟前，然后抽出一把非常漂亮的雕花扶手椅，让我坐到她的身旁。

"亲爱的管理委员会成员们！"她清了下嗓子说，"今天是我们公司的一个重要日子！现在我向你们介绍一个新面孔，一位才能出众的年轻人，他在我们公司工作的这些天里，取得了至今为止从未有过的喜人业绩！

"他就是这位谦逊温和地坐在我身边的杰出专家，他在最后这些天里取得了无人可比的巨大成功，他从来不为私利，只是为了我们公司的利益工作，为了能让我们的公司能够更加和谐，更加成功地运转，他始终将公司的目标当作自己的目标，从来不忘记他的同事们对他的支持，他用至今为止的行动证明了，他是这个集体中一位出色的成员。

"他在地球上时,职业生涯是从一个文具公司的清洁工开始的,但是很快他就当上了一家文具店的店长,后来被任命为整个连锁店的销售经理。鉴于他所取得的令人欣喜的独特业绩,我敦促他来我们公司继续他的工作,同样也是从零开始,我们给了他一系列最艰难的考验。后来他克服了所有的困难,取得了所能得到的巨大成功,因此,我决定推举他出任我们公司的总经理。我会辞掉我现任的职务,只保留我的否决权,请你们尽你们的所能支持他,支持你们的新任总经理的工作,因为从今天开始,你们全都只听他的领导,你们的工作要让他满意!请你们将过去曾经给予我的所有帮助和信任,全都毫无保留地给予他!"

"新总经理万岁!!!"

母神一边大声地鼓掌一边冲着大家微笑,她很享受这个场面。围坐在长桌旁的年轻经理们都神情懊丧,不以为然地跟着礼节性地鼓掌,用不信任的目光上下打量我。显然他们都不是傻瓜,他们清楚地知道我凭什么本事坐上的这头把交椅,但是,他们是怎样晋升到现在职位的呢?母神打了一个手势,让我接着她的话讲几句话,我站起身时,她坐了下去,带着轻浮的微笑望着我的眼睛。她鼓掌的时候,袒胸露背的丝绒长裙优雅地抖动,在她的脑袋里此刻冒出了什么鬼主意?还是不知道为好。

现在我该跟这些聪明的傻瓜们编些什么谎呢？关于超市的生意，他们每天每小时都在绞尽脑汁地分析研究，我又能说出什么新的花样？

"亲爱的管理委员会成员们！感谢你们对我的器重，以及对我的工作和我个人所给予的无条件信任。感谢总经理女士至今为止所作出的举世无双的贡献，以及她所迈出的勇敢步伐，将这个世界上最大的公司的领导使命交给了我。

"不过，我并不知道，我能否就公司的战略、未来与发展问题向你们提供任何新的想法。然而，请允许我就一个摆在我们眼前的问题提醒大家的注意。

"我们公司成立之初，抱的是一个这样的目标：为大家提供休闲娱乐服务，作为一流的疗养院和康健中心运转。现在这个宗旨已经彻底改变了，舒适、高档的疗养院变成了一个贱民超市，从而导致了小笔投资、短效投资和资产滞留。我们最初的服务理念被彻底丢掉了，我们把一个天堂的性爱中心运作成了一个恐怖的战俘营。我们不致力于我们商厦服务领域的发展，我们支付的工薪低得让人感到受辱，因此我们只能雇佣学历很低、能力低下的劳动力，使公司发展变得毫无可能。

"由于这种现状，从长远的角度看，增加公司收入是纸上谈兵，因此需要重新制定一个全新的运营政策。我们需要新颖的、有创意、有品质的倡议，需要大胆的建议、积极的想法和创新的勇气！我们需要的不是倒退，而是发展和投资！人们要挣更多的钱，之后才能够买更多的东西！才能购买更多的商品、不动产，才能享受更好的服务。我们要解决好这个问题，不要让来到这里的死人再像奴隶一样地劳动，而是鼓励他们从事贸易，将他们的收入用来购买奢侈品和上乘的服务！为他们提供向我们转账的可能，允许他们在自己喜欢的领域投资，想来他们在地球上已经积攒了足够的经验，有各自的喜好和擅长，一旦经济繁荣了，对每个人都会有好处，这个天堂会获得新生，我们的公司将会赢回昔日的荣光与美名。

"让我们换一条新的口号：勇敢之爱万岁！爱之勇敢万岁！

"现在请你们分别介绍一下自己，并对我所提出的设想提出你们的看法！"

几秒钟令人压抑的寂静之后，一位红头发、戴眼镜的家伙站了起来。

"我是公司的副总经理。非常感谢您所做的这个大胆的、充满想法的演讲，但是根据我对公司状况的了解，我必须说，您所设想的这种全面改革在这里是行不通的。一方面,现行的体制并不像您说的那么糟糕,目前的经营业绩并不差,我们的收入相当可观;另一方面,循序渐进地不断变化,才是保证公司运营系统不发生阻碍的最佳方式。"

"谢谢你!"我用冰冷的语调说,"你被解雇了!"

那家伙不相信自己的耳朵。他带着讥讽的微笑环视大家,最后将目光落到了女老板脸上。

"我想知道,您是怎么看这件事?"他恼羞成怒地问。

"请你不要干扰我们的工作!"母神严肃地回答说,"亲爱的助手!"她转身跟正在一声不响做记录的美丽女郎说,"请你立即把我曾经的同事小侏儒先生叫到这儿来,另外,陪前副总经理先生到他的岗位去,因为他们调换了职位!"

红发经理火冒三丈地站了起来,跺着脚走出了会议室。

"继续开会!现在请您做自我介绍!"我对一位黑发、谢顶、戴眼镜的男人说,由于他往自己身上喷了太多的香水,浑身上下散发着臭味。

"我是市场经理。我认为您的设想非常好,我会尽我的所能实现它们。如果我们来一场铺天盖地的广告战,不仅在天上,而且在地上,那么肯定能够大幅度地提高我们的销售量,从而也能提高我们的收入。"

"我们的口号是什么?"我问。

"我们的口号?"

"我刚才说的!或许你当成了耳边风?"

"哦……"

"市场经理记不住我们新的口号?"

"嗯……"

"那好,你也被开除了!"

敲门的声音。会议室门开了,我的朋友小侏儒胆怯地站在门口,看上去好像刚刚又被人没头没脸地揍了一顿似的。像褡裢似的前后各背了一口白铁皮棺材,根本没弄清这里是哪儿。

"亲爱的助手!现在请你陪这位先生去到我原来工作的地方,再从那里带几位我过去的同事到这里来。金发女郎和她的两位戴金表的朋友,其中一位现在在别的什么地方当角斗士,还有胖工头;对了,在家用电器部的洗衣机和电冰箱里蜷着两个小木乃伊。你立即把他们都带到这儿来,让他们跟小侏儒先生等在门口,很快我会叫他们的。"

市场经理满脸涨红地离开会议室。助手微笑着点头应诺,立即转身出去,为了尽快将我点名要见的人带到这里。

"尊敬的管理委员会成员!"我转向在座的所有人,"我宣布解散管理委员会,解除你们每个人现任的职位,同时收回你们的执照和特权。你们的商业发展理念盲目落后,脱离现实,没有丝毫的创造力,你们对我所抱的不信任会影响到我们公司今后的安全运转和繁荣发展。另外,为了能够保证你们有机会获得新的经验与认知,我将把你们安置到新的工作岗位,在那里你们可以认真地想想,我们公司在运营方面还应该做些什么样的改变。这样的进修对你们来说会很有用的,去吧,接受挑战,祝你们成功!"

听完这话,经理们全都惊呆了,愤怒,抱怨,开始叫嚷。

"你想要干什么?你他妈的以为自己是谁?像你这么一个白痴,还想经营这么一个庞大的公司?你简直是个疯子!离开了我们,这个公司会垮掉的!怎么,这是一场政变吗?主席女士!您要发表意见!不能听任这个小畜生搞垮我们整个公司!别丢下我们!我们该怎么办?难道真让我们去该死的超市的最底层当仓库管理员、清洁工或售货员吗?!我们辛辛苦苦为公司工作了这么多年,难道就为了这个结局?不能这样对待我们!曾几何时,我们都当过您的情人!"

母神站了起来,用平静的语调说:

"公司的利益高于所有个人的利益！我承认，以前的公司管理是短视的、无能的。我们需要新鲜血液，需要有勇气、有创意的人来进行革新，发展，朝向新的远景！我自己也革掉了自己的职位，现在你们还有什么好抱怨的？我也将回到自己原来的岗位，经营菜园，种水果，种蔬菜，这有什么不好的？让生活发生一点变化，对你们来说也有益无害！不尊重我们的新老板，这就是代价！好了，你们走吧，别再这么怨声载道，再闹也没用！"

他们又手舞足蹈地叫嚷了好一会儿，当他们看到母神冷漠、厌恶的态度，无奈地冲我挥了几下拳头，然后垂头丧气地离开了。主席女士一脸厌倦地长舒了口气，巨乳像波浪一样上下涌动，她向我飞了最后一个吻，随后她也起身走了。

我在寂静中惊愕地呆坐了一会儿，后来，助手带着我的一群老战友来了，他们表情木讷、不知所措地走进会议室。看得出来，在最近这段日子里他们受尽了各自工作的折磨，他们疲惫不堪，满脸皱纹，脚步蹒跚，但当他们看到了我时，顿时咧嘴笑了起来，高兴地向我伸过手来。

"你怎么跑到这里来了？你当上了什么经理吗？你是怎么干的？简直太成功了！"

我点了点头,打了一个手势,示意他们坐下来,小侏儒、金发女郎、两个戴金表的男人、胖酒鬼和藏在洗衣机和电冰箱里的两个干瘪皱巴的小老头——落座,我这才开口说:

"我亲爱的朋友们,今天是我们重要的日子!我被任命为这里的总经理!但是你们别以为这对我来说有多大的好处!我之所以接受,是因为我觉得我要改变这里的生活和工作环境,我有能力提高公司的收入。我之所以把你们招到这里,是想让你们成为我的同事,因为你们最清楚这个公司是怎么运转的,另外我认识你们,信任你们,所以我想帮助你们!但是,不管你们中的哪个人,如果没有完成我指派的任务,那么就立即去到下一个岗位,直接去地狱的最底层!

"你们现在是公司高层管理委员会成员,我把所有的前任全开除了,一个未留。从现在开始,小侏儒当我的直接副手,你们,其他的人当这样或那样的部门经理。

"我的计划如下!在这里唯一的任务是,必须卖掉尽可能多的货物。这个目的你们能够达到吗?通过宣传?通过广告?通过热情的推销?不,我的朋友们!只有一个方法!通过货物紧缺来唤起人们的购物疯狂!

"人们一旦受到恐吓,听说商店里不再能买到某种东西,他们就会立即蜂拥而至,不假思索地疯狂抢购。但是,他们只有在切实受到惊吓后才会这么做,要想达到这个目的并不那么容易,因为在这里几千年来什么都没有发生!

"我们必须让所有人相信,在地球上爆发了核战争,很快下面的所有人都会死掉,他们几小时内就会到达这里,他们一旦抵达到这儿,毫无疑问,眨眼之间所有的商品都会脱销,那些没有及时储存足够商品的人,到时候就会饿死、渴死,没有衣服穿,没有洗衣机、电冰箱,什么都没有,你们听明白了没有?"

我环顾了一圈。尽管他们还没有完全从突发事件的震惊中醒过味儿来,但看起来他们的脑筋还是慢慢地开始了转动。

"可是,你说这一切到底有什么意义?为什么要这样吓唬大家?只是为了卖掉这些破烂吗?"那个干瘪皱巴的洗衣机木乃伊不解地问。

"你听我讲,老家伙!"我咬牙切齿地说,"如果你再问一个类似的问题,你就立即回到你的洗衣机里去再住上六百年,不同的是,我们将往洗衣机里注上冷水,并为你启动'强力洗'程序。必须增长销售量,就这么简单!你有比这更好的办法吗?如果没有,就给我闭嘴!如果我们卖出的东西还不如他们卖的多,那么我就得回去继续当打扫卫生的、卖避孕套的、被耍的猴子、被分尸的角斗士或别的什么！如果我们成功了，那么我们就可以继续当经理，可以活得像一位国王，你们听明白了没有？"

小侏儒坐在我的旁边，连扛在他肩上的白铁皮棺材都没有放下，他一个劲儿地点头，随后小声地说：

"只要我不用再卖这该死的棺材，我会尽力而为！至今为止我一个都没有卖出去过！如果人们受到了惊吓，那么连这个也会买，还有吃的喝的，什么都会买！再者说，在下面，在地上，他们确实随时都有可能互相开战，一旦真的大批大批地拥到这里，开始抢购，商店里什么都不可能留下，所以，最好我们自己也先存够了，不对吗？"

"你说的没错！"我说，"我们不要再说，如果将来发生了核战争，而是要说：下面，在地上，已经爆发了核战争，他们正在来这里的路上，马上就要从我们这里买走一切！他们很快就要到了，而且多得难以计数！我们机构的名称也要改，不再叫管理委员会，我把它改成'战争防御指挥部'！小侏儒！你去电视台，停止播放广告，开始讲，几个小时之内这里将会发生什么！超市将会被抢购一空，不会留下任何商品，只有饥寒交迫，一无所有！好不好？你把那个电冰箱木乃伊也一起带去，时不时指指这个小老头说，就是他的国家将受到攻击，他的同胞们将占领天堂！你，老家伙，你要时不时咬一下小侏儒，一定要做出最可怕的样子，威胁说，他们将在几小时之内占领超市，不准任何人再到这里来买东西！"

"我乐意效劳！"小老头边说边咧嘴笑着爬到了小侏儒的肩膀上。

"亲爱的助手！请你立即把他们带到电视台去！"

"我乐意效劳！"她微笑着说。

"互联网和大众媒体怎么处理？"

"咱们这里什么都有！"

"你们马上也去那里宣布紧急状态，传播这个大难临头的可怕消息！配上一些图解、视频、追踪报道，消息里加上提醒的字眼，比如说，'还只剩几个小时可以采购'，要让所有人感到迫在眉睫，要让大家相信，这是最后的机会，一旦错过便后悔不及，现在不立即行动的人，等着他的将是最可怕的结局！我想让他们陷入彻底的恐慌！"

"好的，总经理先生！"我的助理回答的样子既忧伤又美丽。

"对了，告诉我一下，这里有广播节目吗？"

"有，当然有！"她回答说。

"那好,你把胖工头带到广播电台去!给他搞一箱啤酒来,让他喝够了,然后让他唱最能让人感到恐惧的歌曲并绝望地哭泣,现场直播,持续播放!"胖男人听了喜笑颜开,会意地冲我挤了一下眼睛,"你对着话筒讲,你刚刚遇到了第一批核战争的殉难者,他们把你狠狠地揍了一通,揍得爬不起来,并且不断地折磨你,不给你吃的不给你水喝,永远禁止你买东西!"

"我乐意效劳!我很渴……"他说。

"对了,还有,"我突然想起了什么,转过脸去问女助手,"那个电脑游戏,就是上帝有时候经常让撒旦玩儿的那个,有没有可能做一些稍稍的改动?"

"当然可以!您想让我们怎么改?"助手问,她张嘴的时候嘴唇闪亮。

"要吸引撒旦的注意力!绝对不能让他知道这里发生了什么,因为,他一旦知道,他就会把我们的生意抢走,那样就没有我们的事儿了。你要带着两个黑手党去那里,让他们上演新的真人版的电脑游戏。一旦撒旦发现了什么,不管怎么样,立即让他们俩亲热,越刺激越好,并且招呼撒旦也加入到游戏里!"

"好的!你们跟我来!"助手说着冲三个人打了一个手势。

"稍等一下!我还忘了谁?"我问,这时候另一个小老头，住在洗衣机里的那个木乃伊颤颤巍巍地走到我跟前，好奇地眨着眼睛望着我。

"对了，还有你，非常需要你！"我跟他大声说道，"现在只剩下上帝了，需要想个办法拴住他，不要让他知道这事！你去陪他打羽毛球！亲爱的助手！请你带我的朋友们去分头执行派给他们的任务，所有人要同时行动，之后返回这里，向我报告事情的进展！"

"没问题，总经理先生！"小老头说，顽皮地冲我挤了一下眼睛，立刻转身离开。

## 第二十一节

我站起身来，用力伸了一个懒腰，然后走到高大敞亮的窗户前，望了一眼阴森的水泥板塔楼，就在不久前，我还努力说服那些可怜的疯子们买下那些古怪的娃娃……想到这里，我心里感到隐隐的自负：天哪！你真的挺过了愚蠢之极的考验吗？真的完成了这些根本不可能完成的任务？说不定我确实有某种特殊的本领？某种，别人不具备的才能？或许在这个地方，我真是最棒的一个？如果有谁能做得比我更好，那么毫无疑问，他会在这里指挥一切，而不会是我，不是吗？

尽管这话听起来确实有道理，但我自己明白，其实我什么都不会！什么本事也没有！也许正因如此，正因为我承认这一点，我才比别人更加幸运？莫非母神之所以喜欢我，之所以任命我为这里的总经理，就因为我是个彻头彻尾的傻瓜，根本不在乎权力、金钱和成功？

我眺望林立的塔楼和楼前巨大的停车场，这时候，突然有一只手温柔地搭在我的肩上。我转过身来：是我的助手。她，一位资深美女，总是无时无刻地不温柔体贴地为老板效力。她笑容甜软，平静地看着我；我伸手抚摸她美艳的面庞，金色的秀发，然后我把手掌放到她的头顶，慢慢地开始向下按她。她没有抵抗。她清楚她应该做什么，几秒钟内她就已在我腰带的位置摸索。

这是名副其实的助手！最合格的秘书！我得意地想：多好啊！我有了一位能够这样尽心尽力的助手，能揣摩我心思的秘书；另外，比这更好的是，从今往后我再也不会有老板了！并且，此时此刻，她不仅试图辅佐我卖掉这些可笑的破烂，而且还自觉自愿地喝下美味的浓汁。我站在这里，站在公司的制高点，世界的顶峰，站在天堂的金字塔尖享受美女助手最贴心的服务，我渐渐忘掉了自己是谁，至少忘掉了自己是在一个令人憎恶的地狱般的天堂。

助手小心翼翼地完成了她的任务，随后转过身去，修补了一下朱唇和眼影，整理了一下发型和装束，而后含情脉脉地望着我的眼睛，等待我下达下一道指令。

"让我们去看看兄弟们工作的进展！"我说，"这里没有一台电视、收音机或电脑吗？我想知道，节目是不是已经开始了！"

她朝房间的一面墙指了一下，我们走了过去，她按了一个按钮，那面墙悄然无声地裂开了。这个密室就像一间巨大的音像工作室,墙上挂满了巨大的屏幕,在屏幕上可以事无巨细地跟踪到天堂每个角落发生的事情。

"咱们先看看电视节目!"我对助手说,她点了下头,按了一个按钮,在巨大的屏幕上开始播放电视节目。小侏儒满面愁容地坐在电视台演播室的一张写字台后,耷拉着脑袋,脖子和背上挂着从不离身的棺材,比他还要小无数倍的那个干瘪老头则在他跟前手舞足蹈地窜来窜去。小侏儒用沉重、缓慢的语调讲述着,有如一声悠长无尽的痛苦叹息,想要吐出自己哀恸的灵魂。

"亲爱的天堂的同胞们!我带来一个十分重要的消息!你们看到这个小怪物了没有?他正焦躁不安地在我跟前走来走去?我想告诉你们的是,很快,说话之间就会有八十亿像他这样的死人来到这里!你们知道他们会做什么吗?他们会从你们手里夺走商店!你们听明白了没有?你们再不会有自己的商店了!再不能尽情地购物了!再不会有吃的、喝的和用的东西!他们一旦到达这里,就会马上把一切抢购一空,因为他们都很有钱,喜欢享乐,喜欢占有,喜欢炫富,喜欢大吃大喝,他们会买走所有的橡胶靴子、轮椅、床垫、牙签,什么都不会给你们留下!你们看看他就知道了!比魔鬼还要邪恶!他们看上去很小,很无辜,但身上有着无可救药、能够毁灭一切的狡诈与邪恶!他们不仅吃飞禽走兽,小到蟑螂，大到鲸鱼，而且还能吃掉森林和湖泊，甚至吃掉蓝天白云，用雾霾吞噬整个世界！你们知道恐龙吧？恐龙就是被他们吃绝的……"这时候小怪物露出狰狞的面孔，愤怒地咬了小侏儒的胳膊一口。小侏儒疼得尖叫起来。

"哎哟，你们看到了吧？我说的一点都不夸张！兄弟姐妹们！现在赶快去买你们今后生活的必需品，还有最后的一点点时间，核战争送来的死亡大军马上就要抵达这里！他们是红蟹，是蝗虫，是淹没一切的大洪水！赶快去买吧，你们能买什么就买什么，因为天堂超市眨眼之间就会毁灭！！！"

"啊哈，说得太棒了！"我赞赏道，"现在看看互联网！"

金发美女又按了一个按钮，五颜六色的网页立即在我眼前迅速地滚动、更迭，新闻网、综合引擎、博客、播客、脸谱、聊天室、视频、图像、电影、表格、哑语，多得不可思议，快得应接不暇，所有空间的所有头条讲的都是天堂超市危在旦夕，核战争已经爆发，来自地球上的死亡大军马上就要侵入，让人不想看都不可能。

"连通电台的播音室！"我对美女说。

播音室连通了，胖男人出现在屏幕上。他躺在地板上，周围横七竖八地堆满了酒瓶，手里紧紧攥着半瓶，用低沉、绝望的嗓音哽咽道：

"亲爱的兄弟姐妹们！……这里，末日到了！……地球已经被核战争摧毁！……数以亿计的人丧命，将来到这里！……整个人间被人类自己给毁灭了，所有的人都会来到天堂疯狂抢购！……他们将占领我们的超市，我们唯一的教堂，我们的一切将被他们霸占，剥夺；我们面临的是彻底的毁灭！我们将一无所有，饥寒交迫！丧失一切！人间不再是人间，天堂也不再是天堂……只要你还有一点钱，马上去买些东西吧，能买什么就买什么，因为在几小时之内，这里的一切，一切的一切都会被抢购一空！等待我们的将是饥饿和贫寒……我们所建造的、象征我们生命的所有一切，都将被未来的空虚日子填充！……现在，十万火急，只剩下几个小时了，我亲爱的兄弟姐妹们！快，赶快，抓紧时间……这太可怕了！……太悲惨了……"

"现在让我们看看撒旦在干什么吧！"我说。助手连通了撒旦家的监视器。总行政官出现在屏幕上，在阴暗潮湿的地下室内，撒旦正满脸涨红、聚精会神地伏案工作，埋头在成堆的表格里。在他的跟前，站着一个身穿浴袍、头裹毛巾的女人，正在用妩媚的微笑诱惑他；在他的背后是两个黑手党，一丝不挂地呆坐在长沙发上。

"怎么了,我的宝贝?"金发女郎挑逗地问,"这么多的表格,你不觉得枯燥吗?你这个小魔鬼!你不想暂时搁下数学作业,跟我快活一会儿吗?"

"当然……我想,只是还有几个不能耽误的事情我必须处理完!"他无动于衷地回答。

"嘿,别这样啊!你不想用你的小香肠逗逗真正的野猫吗?"

"当然……我小时候有过一只小猫咪,我非常喜欢,只是,现在我必须核对完这份发票……你们不用管我,先玩你们的……"

"你不想让我帮你拧一拧那根又细又长、又香又硬的小泥肠吗?你最后一次用它,还是在上幼儿园时,而且只是为了往小天使身上撒尿对吧……"

"求你了,再给我一点点时间!你们先玩你们的,我要先看一看这些报税表填得对不对,有没有人偷税漏税!"

"好吧,既然这样,那你就一个人好好学习吧!现在我要跟这两个丑八怪给你展示一下,什么是真正的魔鬼勾当,等你完了事就加入进来,好吗我的小香肠!"

"好,好!我先看看你们怎么玩,等一会儿可能我也加入,只要我忙完了我手头的这些工作……"

女人冲他吐了一下舌头,然后走到他身后的长沙发,两个男人早已等得急不可耐。

"很好!现在让我们看一下上帝!"我说。

助手立即调到了上帝的频道。屏幕上展现出一个惊人的场景:白发苍苍的上帝正躺在塑料喷泉旁的地上,躺在巨大的弹球场上,正试图把球弹射进球门。他的玩伴——小木乃伊——在他的跟前得意扬扬地活蹦乱跳,一次又一次地飞身起脚,成功射门。上帝无可奈何地摇着脑袋,试图用直尺帮助瞄准,但无论怎么努力都没有成功。小老头的球踢得非常棒,闪转腾挪,动作敏捷,让对方永远追不上他。最后,上帝对这场水平悬殊比赛失掉了兴趣,站起身来,羞恼而懊丧地说:

"我再也不跟你玩了!这不公平!"

"可是,你把我弄成这么一个干瘪的小老头就公平吗?"

"咱们还是打黑彼得牌吧!"

"我可不想当黑彼得!要当还是你当吧!唉,跟你玩什么都没意思!咱们还是看你的色情刊物吧!"

"你这个小混蛋!我已经把它们都给了撒旦,后来他看得上了瘾!要不这样,咱俩一起打羽毛球吧!"

"如果你能把我变成长颈鹿!你在想什么呢,你认为我能够举起球拍来?"

"那我们玩问答游戏吧!"

"嗯,好吧!"

很好,小木乃伊干得很出色,现在上帝也在我的掌控之中。我的计划成功了。恐吓居民的行动按照我的设想顺利地进行,我对公司高管们已经明确了责任,做了具体的分工,他们的表现令我满意,每位经理都尽职尽责,能够独当一面。如果一切都能这样按计划进行,不出意外的话,估计在几小时之内他们将会把超市里的所有商品抢购一空。喜悦之后,我尽量让自己冷静下来,把各个环节都细想了一遍:现在还有没有需要抓紧策划的新行动?哎哟,对了!我怎么把那个最危险的家伙给忘掉了!那位母牛,至高无上的母神!这是一个巨大的纰漏,弄不好会功亏一篑!我顿时感到慌了阵脚,急切地望着女助手,脊背窜凉。

"主席女士在哪儿?"

"您别担心,老板!我把她也安顿好了!您看!"话声未落,她又调换了频道,母神随即出现在巨屏上。此刻,她站在一个高大敞亮的房间里,房内堆满了儿童玩具,她正笑逐颜开地拆着一个巨大的包裹。玩具礼物是一匹占满整个房间的特洛伊木马,那匹马有一根巨大的阴茎,其尺寸即使跟最优秀的种马相比也绝不逊色。她打开包装,爱不释手地抚摸那根曲线优美的木柄,抚摸了很长时间,而后她扳动木柄,打开了心爱木马的身体。突然之间,从木马的肚子里面开始向外滚出南瓜、黄瓜、西瓜、胡萝卜、香蕉、苹果、梨和葡萄串。她高兴得嘎嘎大笑,然后脱掉衣裳,开心地躺到蔬菜水果堆上,无忧无虑地遨游在维生素的海洋里。她把一样样的水果蔬菜摆在自己的身体上,用它们装点自己,跟它们一起打滚,与它们做爱,享受它们,笑个不停,笑得没完没了。

我站起身来,感到一阵阵作呕,实在看不下去了。天堂是我所到过的最变态的地方。莫非世界一直就是这样,只是我在此之前没有意识到?我走出密室,走到窗前,向屋外眺望。

停车场上已经挤满了密密麻麻的人群。他们向超市的方向蜂拥跑去,仿佛所有人都发了疯,彻底丧失了理智。可以看到,有好多具被人群踩烂了的尸体横陈在地上,由此可证,这疯狂已经持续了有一段时间了,但是没有人理会那些尸首,只是狂奔,嘶嚷,他们惊恐地尖叫,害怕现在连尖叫也会是最后一次。

我回到助手跟前,请她给我看一下超市内的情况。那个场景更触目惊心!人群先是进攻食品部的货架,眨眼之间便抢购一空,然后转而冲向蔬菜水果部,在篮子、背包、大衣口袋里塞满了水果,同时惊恐万状地相互推搡。后来，他们拥到了饮料区，开始将各种瓶子往篮子、塑料袋、口袋里放，有的还朝裙子底下塞，甚至有人打开瓶盖往嘴里灌，能灌多少就灌多少。新赶到的一批人十分恼火，食品、饮料的货架已经空空如也，他们开始将洗衣机、电冰箱等推出超市，另外一些人则抢购皮划艇、外套、皮箱、服装。再下一股人潮可以说是疯狂而至，给他们留下的只有剩下的一些家用电器、园丁用具、清洁剂和床具。他们中有一个家伙从外套的衣摆下掏出一只汽油瓶，往瓶口里塞了一块破布，用火点燃，尽力扔到离他最远的地方。燃烧瓶掉到了堆成了小山的橡胶靴子上，立刻着起火来，转眼之间腾腾的黑烟布满了销售大厅。随后，大火熊熊蔓延到隔壁的鞋帽类，从那里继续蔓延到其他商品区，火苗很快吞噬了整座超市，仿佛它一直等待的就是这个解放的时刻。

　　几分钟内，超市变成了燃烧的地狱，但是人们并没有立即逃散，而是继续争这个、抢那个，想要搞到更多的商品，与此同时，火焰已经烧着了他们的衣裳、头发，烧伤了他们的手脚，但他们仍旧不肯罢休，继续抢购，抢购那些意味着他们生命、支撑他们灵魂的商品。他们与商品一同燃烧，同归于尽。天堂——如同最恐怖的地狱——准备在冲天的大火中毁灭自己。

　　由于底层的商场已经着火，毫无疑问，大火很快会蔓延到底层的宿舍和仓库,之后便会烧到楼上的办公室、公寓,最后会吞噬顶层的会议室、密室和豪华套房。

"我们怎么才能从这里逃出去?"我问助手。

"你想逃到哪里?这火是你自己点的,你把整个公司都烧掉了!现在,这里眼看全部变成灰烬,我怎么知道能逃到哪里!"

"跟你说吧!我只想回到下面,回到地球上!让这个愚蠢的天堂超市见鬼去吧!比这里更恐怖的地方我从来没有见过!请你帮助我逃回人间!"

"那只有一个办法。你写一份申请,然后请三位公司股东签字批准。"

"他们是谁?"

"撒旦、上帝,还有母神!"

"那就请你现在打字!我立即口授!"

她坐到电脑前,等着我开口。我开始口授。

"主题:向天堂的股东们递交的申请!另起一行。申请人:天堂总经理。再起一行,正文:请允许我出差一段时间。我之所以敢提出这个请求,是因为自从我获得总经理的任命之后,公司取得了前所未有的巨大成功。一天之内,我们整座商店,宇宙中最大的超市倾销一空,所有的商品全部脱销,因此,我们不得不暂时停业一段时间，加紧生产，补充货物。为了有效地利用这一段时间，我想参加一次在地球上组织的、非常重要的商业发展培训活动。为了天堂经济的进一步繁荣，我觉得我有必要向活人取经，获取那些必不可少的新的经营知识和管理理念。因此，请你们尽早批准我成行，以便我能够尽早回来继续效力，制定新的发展规划。签字，日期，地点。打好了吗？"

女助手点了下头，打印出来，递到我手里。我拿着申请信转身出门。我从建筑里狂奔出去，跑过林立的塔楼。第一栋楼已经着火，我曾在那里用我的迷你天使装点过尸首，受惊的老人们正从窗口向外扔东西，试图尽量救出更多的家什。在下一栋楼，我那位收集人头的厨师朋友握着一把长刀冲到庭院，在惊恐奔逃的人群里寻找新的猎物。在第三栋楼门口，我的兄弟站在那里，手里挥舞着一条血淋淋的胳膊用虔诚的声音唱安魂曲。在他面前，在一张铺着白布的桌子上，他的妻子赤条条地躺在那儿，没有胳膊，周围站着一群惊痛不已的追随者。我没有停步，继续往前跑。在孩子们占领的庭院里，我只看到一堆堆垃圾和灰烬中的瓦砾，却不见他们持枪的身影。这些孩子去哪儿了？我感到奇怪，驻足了片刻，我隐约听到几声来处不明的尖叫。我朝楼房走近了几步，现在我能够听清楚了，声音是从地下室传出来的。一个男人出于惊恐而跑调的声音。

"别,我的孩子!别!不是我的过错!是你们的母亲!是她不管你们!是她毁掉了我们的婚姻!"随后是砰的一声枪响,一声可怕的尖叫刺破了天空。

"不要杀我!你们不要朝我开枪!是你们父亲的错!是他不陪着你们玩!他总是醉醺醺地回家,把所有的钱都喝掉了……"又是一声枪响,又是一声尖叫。

我继续狂奔。我跑到僵尸森林。老巫婆们呵呵大笑,嘶声唱歌,手里攥着酒瓶子转着圈跳舞。她们全都疯了,天堂末日,最后的毁灭,说不定现在她们终于可以真的死掉了。

我继续往前赶。到了撒旦的住处,那里并无任何反常的迹象。铁门紧闭,透过地下室的窗户,传出呻吟和吸吮的声音。显然,金发女郎和两个戴金表的汉子正在变换花样地卖力工作,为了能吸引住可怜的撒旦的注意力。我继续朝着上帝那里跑去。

他正站在院子中央,站在塑料喷泉和一大堆玩具之间,手里拎着球拍。干瘪小老头一动不动地躺在地上。上帝一副心不在焉的样子,目光既冷漠又严肃。

"你把他杀死了?"我朝那具木乃伊似的小躯体指了一下。

"噢,噢,太好啦!我们亲爱的小总经理!是哪阵风把你吹到这儿的?"

"风?风是什么?"我问。

"风?风是一种看不见的力量。我呼一口气,在它的帮助下可以帮助大火迅速蔓延。"

"火?火是什么?"

"你问火吗?我的愤怒,能够毁灭一切!毁掉一座商店、一个公司、人类、死人、梦和一切!"

"为什么?"

"因为,这个公司,看上去并不像我想象的那么好!"

"公司是什么?"

"我的一个小玩具,现在,我在你的帮助下毁掉了它,因为我已经厌倦了,反正也没有什么好玩的新发明。"

"那你为什么要把它弄得那么糟糕?"

"因为善良实在太乏味无趣!"

"那么现在你就想把一切毁掉?"

"是你毁掉的,不是我,我只是盯着你的一举一动。所有这一切灾难的原因,只是因为你是第一个真心实意、不遗余力想要回到地球上的人。请你告诉我,那里真的那么好吗?"

"对我来说,下面的生活也很糟糕,但要比这里好千倍万倍。这里只留下了地球上最糟糕的东西，开店，销售，算计，谁买什么，为什么要买，花多少钱买，等等等等。我本以为这里是个比人间更快活的地方。"

"现在把它烧掉，之后我重新设计。你来帮我的忙吧！"

"这不可能！你为什么要杀死这个小老头？"

"我没杀死任何人！总是人类在自相残杀！这个小猴子总是惹我心烦，最后我不得不扇了他一个耳光。等他醒过来后，我会像玩骨牌似的好好揍他！"

"你能在我的出差申请上签个字吗？"

"你要走？"

"对，我要走。"

"那好，既然你真的这么想走，我就成全你！反正你还会回来的！"他说，随后用我塞到他手里的圆珠笔在申请信的下方画了一个小天使图案。

我继续狂奔。到了下一栋楼，我一脚踢开铁门，冲到地下室。撒旦正在伏案工作，伏在一大摞表格上，抽泣着啃他的手指头。与此同时，头型很高的金发女郎靠在写字台旁，正同时跟两个戴金表的男人做爱。

"我亲爱的撒旦！你这是怎么了？"我大声问道。他没有回答，装作埋头处理文件，"嘿！你不记得我啦？我给你带来过许多丑娃娃！"

"我当然记得！你的背包是那么大，能够装下半个衣柜！"撒旦终于开口说话，仿佛捞到了一根救命草。

"当时我答应你，我会帮你找一位很棒的女郎，给你办一次难忘的舞会。现在时机已到，她在等着你呢！不过，在我带你去她那里之前，请你帮我一个小忙……"

"帮忙？你想让我做什么？"

"签一个字！"

"签什么字？"

"批准我离开这里！"

"你想离开？休想！你想从这里逃走吗，这不可能，你这个狡猾的小兔崽子！"

我朝金发女郎打了个手势，她转向撒旦，开始像弹竖琴似的在他的大腿根轻轻搔挠。

"过来，你这个小魔鬼，你呀你！过来吧！你可以随便处置我，就像一个真正的公务员！把你所有的档案、数据和专业技能都塞进来吧，你这个小可爱！快点过来呀！"她娇喘吁吁地发起了进攻。

这架势把撒旦给吓坏了。在他眼前，敞开的是一个具有生命危险的洞穴，两个健壮的肌肉男已经尝到了欲生欲死的滋味。

"过来吧！快把衣裳脱了吧！别装得这么正人君子，

我马上就吃掉你那根小黄瓜！你这个小会计、小出纳、小税务、小文书……"

撒旦开始浑身哆嗦，感觉大难临头，最后终于大声喊道呼救："快，快！快把这个丑八怪给我赶走！我没想到游戏会是这样！我本来以为他们只是待在电脑里，没想到邪恶的上帝却把他们放到了这里，现在他们一起欺负我！救救我！！！"

"可是你忘了吗？当我还在电脑里时，你却装得那么大胆，像过来人似的，你这个中看不中用的懦夫！"女郎鄙夷地大声嘲讽，"你还记得你给我打字都说了些什么，你这个小畜生？！你不要脸地说，你要这么操死我，那么干死我？你说你的家伙有这么大，那么大！并说你已经用你的那把锤子击败了整个一支娘子军，对不对？那好，现在让我们来见识见识，看看你究竟有什么本事，你这个吹牛皮的胆小鬼！"

"你签不签字？"我问，然后我朝女郎打了一个手势，让她稍微等一等。

"好吧，那好，我签！"撒旦满脸通红地说，抓起一根圆珠笔，在申请书下面画了一个倒十字。

"谢谢！那你现在要不要别的女人了？"我收起申请信后问他。

"哦……如果她是个正常人，不像这个这样暴力！"

"你说什么，暴力？你真是一个天生的和平鸽啊，这辈子还没跟任何人一起睡过觉呢，对吧！处子。文静、平和、内向、低调，就像一个修女！"我忍不住冷笑着挖苦他。

"嗯，我想找的就是这样的男人！我想认识一下！"女郎说。

"那就发起进攻吧！"我冷冷地说。随后，我带着撒旦离开了这个潮湿发霉的地下室和三具相互缠绞、肌肉紧绷的身体。

我走在前边，撒旦跟在后边，径直朝着超市方向走去。没走出几步，撒旦就被屋外的场面惊住了，他怔怔地看着楼群附近发生的事情：一切都已被火舌吞噬，许多人相互冲撞地四下乱跑，抢劫，敛财，杀戮……随后，在他脸上禁不住露出了微笑。因为这一切对他来说，都意味着多得无法预料的附加工作，要建数以万计的新档案，精疲力尽的加班加点，没有人付他加班费，不过他可以寄希望的是：有朝一日，上帝会允许他炸掉整个世界，至少让他也能在那里，在地球上发动一场小小的核战争。

"快点，跟我来！女人已经在等你了！咱们不要迟到！"我冲他喊道，试图转移他的注意力。

我们来到了楼门口，那栋建筑已经完全被大火吞噬。底层的超市已经不复存在，里面的柱子、货架和墙壁相继倒下，灯泡、玻璃墙和商店橱窗破裂，炸碎。我们冲进楼内，沿着楼梯往上爬。我推开一扇扇办公室门和宿舍门，里面全都不见人影。当我们爬到四层时，一眼看到了母神。她正躺在游乐场的正中央，站在木马身下，已经把巨大的家什吞入了大半，同时发出亢奋的尖叫。

"你这个不忠的母猪！你出卖了我们的爱情！"

她愣了一下，定在了那里，随后从嘴里吐出那有半米长的玩具站了起来。她癫狂的目光冒着火星，她的胸脯淌满了果汁，晶莹闪亮，在她的头上还粘了一串葡萄，耷拉在额前，乳沟里填满了红草莓。撒旦吓得快晕了过去，当时就想拔腿逃跑，但我一把抓住了他西服的袖口，没有放开。

"你怎么来了？管理委员会的工作会议结束了？"母神略显尴尬地问。

"你把我的心都弄碎了！我永远不会原谅你的！"我用悲剧演员的语调冲她大喊。

"我亲爱的！我只是跟这匹美丽的小马玩一小会儿，这有什么不好的？你看，它是这样的忧伤，这样的孤独！这只是一个儿童玩具，我不可能用它来背叛你！"

"儿童玩具？这个庞然怪物？你真是个畜生，一个卑鄙的畜生,我可真傻啊,我是这样的爱你,爱你胜过世间的一切!呜呜,呜呜……"

"哎哟,我的小宝贝!我也真的只爱你!"她说着扑到我的身上。

"我从来没求过你任何事!但是现在,除非你以我们爱情的名义满足我唯一的请求,我才能够原谅你……"我结结巴巴地说。

"什么事?我能为你做什么?"她用焦急而关切的语调问。

"在这上面签个字!"

"这是什么?"

"出差申请。"

"可是你很清楚,我永远不会放你离开这里!"她一口拒绝。

"如果你爱我,如果你真的爱我,如果你全心全意地爱我,那么就请你放我走!"

我悲伤地望着她的眼睛,她的眼睛里流出了泪水,紧紧把我搂紧怀里,差一点夹碎了我的骨架。

"我不能没有你!"她说,"你是我生命的意义!是你支撑着我的生活!如果你走了,我会变老,发疯,死掉!"

"我不是永远离开的,"我安慰她说,"我还要回来!"

"那你不会让我等你太久吧?你必须向我保证,你在下面不会活得太久!"

"放心吧,我活不了几天!批准我走吧,我很快就会回来的!在我回来之前,我给你带来了一个真正的疯狂的性伴侣!"我说着朝撒旦指了指,"这是一个聪明透顶、任何炼狱的考验都乐意接受的野兽!他有一柄那样骄傲的权杖,就像一头从小守着核反应堆长大的、克隆坏了的大象!在我离开你的日子里,他完全能够弥补你的缺失,不信你就试一试,到时候你都不会想起我来!"

撒旦吓得脸色煞白。他几次想要甩掉我揪住他袖口的手,但都没有成功,最后他终于平静了下来。我把申请书递到水果女王的眼皮底下,她眼泪汪汪、手腕哆嗦地在上面画了两枚走了形的樱桃,我接过纸来,把撒旦推到她的跟前。她瞅了他一眼,眼珠光亮,她露出了微笑,随后搂住他,开始亲他。

在我终于能够让他们两个单独留下之前,我问母神:"我该把这张纸交给谁?"

"把它放到我的办公桌上就行,"她心不在焉地应道,兴趣已经完全转移到了这个新猎物身上,"噢,我的小撒旦,你不知道,我是多么地想你,你这个可爱的小变态狂。来吧，咱们好好弥补一下……"她喃喃地说。

我跑出这间伪装成儿童游乐室的刑讯室，冲到最顶层。推门进到办公室，曾几何时，我们曾在这里，在水果的海洋中嬉戏，后来在奶牛中间打滚；同是在这里，她之所以任命我为总经理，只是为了让我能够毁灭这一切。从现在开始，她将在这里指挥重建她的帝国，不管怎么说，这里的一切都是属于她的，就连可怜的上帝和不幸的撒旦也只是她的两个玩偶，因为只有她才知道该怎样重建天堂，如何把整个世界建成一个现代化的商品果园。

女助手趴在一台电脑上抽泣。

"你怎么了？"我问。

"你是一个邪恶的畜生！"她怨恨地尖叫。

"我怎么了？"

"就因为，因为你想把我丢在这里！"

"我必须走！我在这里自我感觉不好。"

"你就因为这个把这里变成了一片废墟？"

"没有别的办法！我跟他们好好说过，让他们放开我，饶了我，但是没有用。"

"那你就滚吧！别再让我看见你！你知不知道，现在我又要给母神当助手，我不得不每天陪她在这里洗澡，忍受令人作呕的黄瓜、胡萝卜和南瓜！我恨死这一切了！"

"你看，我有一个主意！我现在马上就离开，对他们来说我又死了，我写一封遗书留给母神，请她给你找一个好职位，不再骚扰你。再说，我已经给她找了一个特别的男人，她会跟他尝试一切，估计永远都排不上你。你是不是想找一个新岗位？比方说，去上帝那里？他那里总是那么混乱，需要一个人帮助他收拾。"

"上帝是一个性冷淡！非常无聊！如果那样，我还是留在这里吧！"

"我的朋友小侏儒呢？要不要我把你俩介绍到一起？"

"小侏儒人不错！可这家伙总是扛着棺材到处溜达，像什么样子！"

"那好！你现在就替我打一份遗嘱。就这样写：我向你们，向在死亡中活着的人，尤其向您，向我至尊至爱的女老板——母神提出我的最后请求，新的领导职务分配如下：请我的助手接替我的工作，代理天堂总经理职务，请我的朋友小侏儒出任副总经理，并兼任广告与市场部经理，任命爱哭的胖子为商务发展部经理，让金发女郎和两名黑手党负责战略研究部门的领导工作，两位小木乃伊可以担任经济与财政部经理，任命捕猎人头的疯子为人事部经理,任命虔诚的神父为市场调查部负责人。任命那些被抛弃的孩子们为产品经理,请那些森林老妇出任专业监察员……你看我这么写行不行?有没有漏下谁?"

"母神、上帝和撒旦该怎么办?"

"母神,作为公司创建人将全面负责重建项目,她是拥有最高权力的总裁和大股东;撒旦,他其实并不需要什么职位,反正他被夹在母神的大腿之间,不会有多少露面的机会,但还是让他继续当她的总行政官吧,至于上帝?他也保留原职,作为名誉主席,但再让他兼任一个创意经理,让他好好动动脑筋,想出一个比过去体制更完美些的新体制。但是你要答应我一件事,每个周末你都要去陪他打一会儿羽毛球,帮他收拾一下院子,带些吃的东西给他并跟他聊聊天,好不好?"

"好的!但是,现在我们该拿这片废墟怎么办?几乎到处都成了火海,很快我们也会被大火吞没!"

"啊!这里不会有任何问题!只是撒旦又玩了一会儿电脑游戏!你给上帝打一个电话,叫他重新启动一下机器!"

"那你呢?"

"我回到下面去!我实在太渴望宁静了!我会坐到海滩上喝一瓶啤酒,散步,读书,旅游,跟人们交谈,喝咖啡，说笑，终于可以无忧无虑地活着了，只有这样，才能够简单、纯粹地为自己享受平静的生存。这些可怕的事情我已经受够了……"

"好吧！你在遗嘱上签一个字，把他们签好字的出差申请留在这儿，你就可以走了！"

我将有三个大疯子签字的申请信放到母神的办公桌上，助手高兴地拥抱了我，我使劲拍了一下她的屁股，然后转身走了。

天哪！天堂是一个多么可怕的地方！话说回来，又是多么的简单，多么的真实！这个世界是用我们最自私的情感、最深的恐惧和我们最空虚的梦想建成并维系的，如同一个无法遏制、自行演绎的噩梦！

当它以最真实的样子展示自己时，我们需要做的只是，睁开我们的眼睛环顾四周，并对自己承认：这不是我们想要的生活，每个人时时刻刻、无论在任何的情况下都只围绕着钱和自己的私心打转，这样活着毫无意义！我们不可以，也不能够这么活着！然而，当一个人认识到这一点时，我们会突然惊愕不已。也许，我们最好还是继续麻痹自己，用不着知道，也用不着弄清楚我们生活的世界和存在于我们体内的世界到底怎样，究竟是怎么一回事？我们用私心把世界变得越来越小，用贪婪的占有欲、消失殆尽的共生感、日渐贫瘠的梦想和我们的脆弱把现实变得日益衰败，变成一片情感的荒漠和日常的监狱，我们所有人都会被关押进去，无可逃脱……然而，我们一旦挣脱了恐惧的镣铐，就可以永远、高高地在它上空翱翔。

## 第二十二节

我从深深的梦境里缓慢地苏醒,终于,我坐了起来,好奇地环顾四周,望到远方一片绵延无尽的峰峦,看它在柔和、细腻的棕灰色调中熠熠闪光,看上去是那样空灵虚幻,仿佛是用彩纸剪成的。在山峦的脚下,蓝绿色的大海浩瀚无边,浪花在银色的日光中嬉戏,海鸥在海面上盘旋鸣叫,不时地一头扎进水里,之后衔着鱼儿继续飞翔。

舒适的夏日阳光。我坐在沙滩上又眺望了一会儿,然后起身开始散步,我想弄清楚我这是在哪儿。很快我惊愕地意识到,我是在一座小岛上,细腻的沙滩环绕全岛。岛的一侧由青草、灌丛和鲜花覆盖,另一侧是一片美丽、葱郁的森林。

阳光一束束地从高大葱茏的大树间透射下来,鸟儿的叽喳鸣叫充满了森林的寂静,它们大声地交谈,相互诱引,鸣和或争吵;我漫步向前。

终于,我来到一片空地,那里有一栋破旧的小木屋。屋前有一条油漆斑驳、眼看要散架的长椅，旁边扔着铁锹、锄头和几样工具。当我走到门口推开屋门时，木门险些掉下来。在挂满蛛网、落满灰尘的唯一的一个房间里，摆着一张快要散架了的床，旁边有一张破旧的木桌和椅子，角落里立着一个橱柜，里面有几件衣裳、床单和破布，橱的下面塞了几只平底锅、餐具和厨具。

我走出屋子，坐在房前的长椅上，用力吸了一口清新的空气，享受这博大的宁静。你不是就想这样吗？我问自己。我微笑起来，没有做出回答。我陷入了沉思，现在其他人都在哪里？如果他们还在，都在干些什么？尽管这里的一切都很奇妙完美，但此刻我还是隐约感到，这里还不是我想去的那个地方。因为我想我的家人，我想那些在高大厂房中一起工作、争论的同事们。

过了一会儿，我继续冥思，刚才的想念开始慢慢变淡，我在心里说服自己，我想要的就是这个，我始终渴望的就是这个，这幅画面始终都在我灵魂的眼前飘摆，时隐时现，它给我力量，打造我的欲望，我始终都在为此拼搏。

我站了起来，回到森林小屋里，开始动手修缮，想把它整理得更像一个家。我清除了蛛网，打扫了地板，擦净了积尘，摆放好家具，之后在小屋周围散步了一圈，并且勘察到一条清洌的小溪。我把该洗的衣服抱到那里，并用生锈的平底锅盛了一锅饮用水。

当一切都收拾得干净整洁，天已经黑了。我很疲惫，肚子感到饥饿。我散步到海滩，眺望茫茫的海洋。寻找食物的鱼群在水面下穿梭游弋，闪出银灰色的光芒。我悄悄走近鱼群，伸手在水里抓呀捞呀，终于捕到了一条大鱼。

我用在岸边捡到的芦苇和树枝架起一堆篝火，而后涨红了脖子，呼哧带喘地把它点燃。我用一根粗树枝穿透鱼腹，架在火上烧烤。烤熟了之后，津津有味地吃进肚里。

这时候，红彤彤的太阳已经落山，天空中无数的繁星在我头顶上无限的宇宙中闪烁。

我独自一人，万籁俱寂，只有微风撩拨静夜。从这里有通向哪里的路吗？可能通向哪里？我心里暗想。我感觉没有路，也不需要路。过了一会儿我回到小屋，躺下，睡着了。

## 第二十三节

　　就这样,许多许多天过去了。我不知道过去了多少天,但对我来说也无所谓。我散步,眺望,游泳,沉思,烤鱼,继续收拾房子和周围的环境。我感觉自己终于迈入了永恒,抵达了所有历史的最后终点。

　　我把我的生活经营得越来越舒服。我还织了一张渔网,用它可以轻而易举地在丝绸般的海水里打捞鱼虾,并从森林里采集美味的水果与坚果。

　　但是不管我的日子过得多么惬意,我还是记怨上帝,他重新启动了电脑游戏,只是我的角色被永远地抹去。我感到淡淡的失落,缺少了动荡与拼搏,至少,没有人可以听我讲述我的过去、我的欲望、我的快乐、我的忧伤与惶惑。

　　新的日子一天天丰富、变化地缓缓流逝,我开始越来越不那么相信自己所经历的那一切确实真的在我身上发生过。我对曾经的任务、忍耐、拼搏、失败与成功想得越来越少了。连我的妻子、孩子们、曾经的同事的面孔也逐渐变得模糊不清，最终想不起来了，仿佛这许多的阳光、海盐、总是在吹的风声把它们全都抹掉了。

清晨，我在岸边钓鱼，突然看到远处有一条木船朝我这边划来。我突然感到莫名的惊恐：谁会闯到我的地盘？想要搅乱我的生活？同时我又在潜意识里希望，希望会是我的朋友、同事、伴侣，他们终于来看我了。

当小船靠到岸边，我惊愕地发现：来的竟是他，是他本人——面容仁慈、头发灰白的上帝。他把他那条破旧的平底船拖到沙滩上，然后迈着从容、坚定的脚步朝我走过来，一声不响地坐到我身边，望着大海。

"这里好吗？"他问。

"好是什么？"我带着忧郁的微笑反问他。

"嗯，是你想要这样的！你看，你终于摆脱了无终无止的工作、被迫挣钱的处境，摆脱了各种不友好的商品以及令人厌烦、不可理喻的人们，摆脱了剥削式的、令人受辱的不公平！你通过一场拼死斗争、痛苦彷徨和机巧谋算，最终达到了你的目的！"

"目的是什么？"

"每个人的目的都不一样，但结果还是一模一样！摆脱痛苦，获得宁静。"

"宁静是什么？"

"就是我给你的这个！你一直都渴望这样的生活，

不是吗？"

"渴望是什么？"

"渴望是一种感觉，一种非常强烈的感觉，这种感觉永远不会让你的心感到宁静，而是鞭策一个人向前，然后我用他的行动撰写历史，演绎，重新导演。"

"这样不好吗？"我问。

"不好？对每个人来说都不尽相同！之所以不同，因为人们可以相互质问，这到底是什么！对一个人来说是这个，对另一个人来说则是那个！"

"但是，为什么我们都不完美？"我终于提出了这个一直想问的问题，既然上帝万能，为什么不造出完美的人类。

"因为在我的世界里，每个人都以不同的方式完美！许多细小、不同的完美组成了一个完美的世界，或者说，组成我的世界终极而完美的完美性。"他平和地回答。

"我之所以活着和死亡，就是为了在你的戏剧里扮演一个小小的角色？"

"离开了我，你根本就不存在，你连这整个一切的一部分都当不成！我造化了你，由此我赐予了你能够成为其中一个美妙部分的机会，这个机会你自己发现了并丢掉了！一切全都取决于你。你选择了你自己的角色，并且扮演这个角色！你走上正确的道路或是迷途，你最终胜利或是失败，都取决于你自己！"

"问题是，在这个游戏中只有你才可能胜利！因为只有你才长生不死，所以，实际上也只有你才能够完全地享受！"

"为什么？你对你的生活不满意吗？你取得了那么多的成功、那么多的体验和那么多的快乐，许多人都嫉妒你呢。"

"我不喜欢的是被迫、必须、强制和痛苦！因为我受的罪太多啦！"

"但是痛苦不仅是好东西，而且很重要！只有你经历了痛苦你才可能知道，才会珍惜这所有的一切：美好、阒然、宁静、快乐与和平。"

"也许吧，但这个也不能让我获得安慰！并不是我想出生，也不是我想死亡！"

"那你到底想要怎样，你这个贪心的家伙？"

"你真想知道吗？"我盯着他的眼睛反问。

"对！我很想知道！"

"我想要你死掉！"我坦率地说。

"嗯！"上帝惊愕地沉吟了片刻，"你不友好！我是造化你的人，你要我死掉？"

"是的！你，既是造化者，也是毁灭者，你也要死掉！我希望你也能像我们所有人一样当凡夫俗子！不仅死一次，而是死一千次，一百万次！希望你最终、永远地放过我们！因为你造化的这所有的一切都是不完美的！其原因是你把人类造化成这般自私和贪婪，脆弱和短视，造化成你自己的样子！你对什么都感到永不满足！对什么都觉得多多益善！更多，更多，更多，更多！随着时光的流逝，你只是想要更多，更多！新的生活和新的死亡！人类排着不见队尾的浩荡大军漫漫长征，走进无助、痛苦和战争之中，走进被称作"工作岗位"的奴隶命运里，走进疯狂与绝望，你只需撒上一点微不足道的希望，就可以让这只大军无终无止，源源不断！为什么当我们还在长征的途中，你就把我们引向了毁灭，并让我们寄希望于我们死亡之后的生活中，让我们期待某种美好的东西，甚至，最好的东西，爱、舒适、钱、继续的生活……为什么我们不可以事先知道，你在这件事上面也欺骗了我们！"

"哦，尽管你的看法是片面的、悲哀的，但你说得有道理。好，那好吧！我接受你的建议，满足你的要求——话说回来我一直对这个问题感兴趣——我试着死掉，消失，结束这一切！"

"你要说话算数！"

"我死了之后会怎么样？你也不复存在？"老人家

并不生气，随后问我，"我能不能留在这里，跟你一起再留一会儿？"

"你别留在这里！我一个人在这里挺好的。如果像你说的，我真的不存在了，那也挺好！你知道吗，我们人类的数量要比你多得多。我敢跟你打一个赌，假如有一天我们都永远不存在了，那么以后也不会再有人记起我们！"

"嗯！那好，既然你对我的这个请求是你最后的愿望，那我就成全你！你还想要什么？尽管告诉我，什么都行。"

"我需要纸、铅笔和时间，我想写下这一切！"

"没问题！当你写完后告诉我，那时候我再让所有的一切都结束！"他若有所思地看着我，然后淡淡地一笑。他站起身来，向我伸出手来，我也站了起来，我们握手告别。他转过身去，走向小船，而后将木船推到水上，坐进船里，划桨远去。

当我回到小木屋里，我看到桌上摆着我刚才要过的东西。我坐到桌前，一步一步地记录下我所经历的一切。在有些段落，牵动了我内心柔软的情感，让我感到犹疑不定，唤起了我一个个美好的记忆。我记录下自己的一个个诡计，成功的体验，委婉讲述了我与水果女王的奇异情史。

但是最终,我又有意无意地回到了那个念头,我在书里的最后一句话,诅咒她也死掉,彻底毁灭,就像我们所有的凡夫俗子一样,因为这不仅是我的愿望,也是所有人的愿望,即便没有人敢把这话说出来或写出来。

## 第二十四节

事情很有趣。自从我写完了这本书后,我惴惴不安地等了许多天,等了好多个月,等待这个世界最后的末日,等待上帝最终抹掉一切,毁掉一切。但是,突然发生了一件怪事。

有一天,我正坐在海滩上,看到远处有一条大鱼似的东西朝我这边游来。后来,我终于能够看清楚那个东西是什么,是谁,不是别人,正是母神!天堂的水果女王,我永远的老板,疯狂的情人!

当她游到潜水区,她站了起来,赤条条地暴露出她的全身。我不由自主地打量她,发现她一点都没有变,还跟以前一模一样。美丽、可怕、巨硕、浑圆、开心、繁殖力强,就像一个长了两条腿的果园。

她一点都不浪费时间,立刻向我扑过来,从那之后,她用她疯狂的欲望将我的日子变得浓稠和快乐,由于太多的销魂,我彻底忘掉了世界毁灭那回事。

我为自己能够在世界末日到来之前写完这本书——

这本传到了你的手里、你现在正在读的这部回忆录——而感到高兴。读完这本书，至少你会知道有一天将在你身上发生什么。无论钱、工作、成功，还是什么样的计划，对你来说都不重要，重要的是到了最后，你可以从早到晚地做爱；同时，你忧心忡忡地等待着你提出的心愿何时实现，这所有一切何时毁灭？这个世界何时彻底坍塌？再后来，你只是暗中希望上帝已经忘掉了你疯狂的心愿和他关于他也要死的承诺。

但是希望是有的，母神告诉我，因为上帝不经常读书。一方面是由于他厌倦读书，因为他总是知道最终的结局，归根结底，最好的书都是他写的；最主要的是，由于他没有时间读书，因为他也从早到晚都在做爱。即使他有一点点休息的时间，也会用来迅速纠正在世界上发生的一两桩错误，然后立即回到床上，展示他更新一轮巨大的欢乐。

## 第二十五节

这样也挺好,我自言自语。只是别再让我回到那座超市里,别再让我为了钱而遭受那么多的痛苦,那么多的折磨,我不愿为了钱拼命,我清楚那是世上最大的蠢事。不管在哪儿,人们都在说谎,谎称那里是世界上最美好的地方。

我祝你也能像我一样拼搏,我亲爱的朋友!

因为,请你相信:即便天堂超市,也是可以战胜的。

继续走吧,不要回头!去找属于你的那个小小的岛屿。

每天都在沙滩上晒太阳,捕鱼,说不定哪天你会路过这里……

# "蓝色东欧"译丛(部分书目)

### 第一辑

- **《石头城纪事》**(小说)
  【阿尔巴尼亚】伊斯梅尔·卡达莱 著    李玉民 译

- **《错宴》**(小说)
  【阿尔巴尼亚】伊斯梅尔·卡达莱 著    余中先 译

- **《谁带回了杜伦迪娜》**(小说)
  【阿尔巴尼亚】伊斯梅尔·卡达莱 著    邹琰 译

- **《石头世界》**(小说)
  【波兰】塔杜施·博罗夫斯基 著    杨德友 译

- **《权力之图的绘制者》**(小说)
  【罗马尼亚】加布里埃尔·基富 著    林亭、周关超 译

- **《罗马尼亚当代抒情诗选》**(诗歌)
  【罗马尼亚】卢齐安·布拉加等 著    高兴 译

## 第 二 辑

- 《我的疯狂世纪（第一部）》（传记）
  【捷克】伊凡·克里玛 著　刘宏 译

- 《我的疯狂世纪（第二部）》（传记）
  【捷克】伊凡·克里玛 著　袁观 译

- 《我的金饭碗》（小说）
  【捷克】伊凡·克里玛 著　刘星灿 译

- 《一日情人》（小说）
  【捷克】伊凡·克里玛 著　高兴、杜常婧 译

- 《终极亲密》（小说）
  【捷克】伊凡·克里玛 著　徐伟珠 译

- 《等待黑暗，等待光明》（小说）
  【捷克】伊凡·克里玛 著　杜常婧 译

- 《没有圣人，没有天使》（小说）
  【捷克】伊凡·克里玛 著　朱力安 译

- 《花园里的野蛮人》（散文）
  【波兰】兹比格涅夫·赫贝特 著　张振辉 译

- 《带马嚼子的静物画》（散文）
  【波兰】兹比格涅夫·赫贝特 著　易丽君 译

- 《海上迷宫》（散文）
  【波兰】兹比格涅夫·赫贝特 著　赵刚 译

- 《父辈书》（小说）
  【匈牙利】瓦莫什·米克罗什 著　许健 译

## 第三辑

- 《乌尔罗地》（散文）
  【波兰】切斯瓦夫·米沃什 著　韩新忠、闫文驰 译

- 《路边狗》（散文）
  【波兰】切斯瓦夫·米沃什 著　赵玮婷 译

- 《第二空间——米沃什诗选》（诗歌）
  【波兰】切斯瓦夫·米沃什 著　周伟驰 译

- 《无止境——扎加耶夫斯基诗选》（诗歌）
  【波兰】亚当·扎加耶夫斯基 著　李以亮 译

- 《捍卫热情》（散文）
  【波兰】亚当·扎加耶夫斯基 著　李以亮 译

- 《索拉里斯星》（小说）
  【波兰】斯塔尼斯瓦夫·莱姆 著　赵刚 译

- 《遗忘的梦境——查特·盖佐短篇小说精选》（小说）
  【匈牙利】查特·盖佐 著　舒荪乐 译

- 《流星——卡雷尔·恰佩克哲理小说三部曲》（小说）
  【捷克】卡雷尔·恰佩克 著　舒荪乐、蒋文惠、程淑娟 译

- 《神殿的基石——布拉加箴言录》（箴言）
  【罗马尼亚】卢齐安·布拉加 著　陆象淦 译

- 《十亿个流浪汉，或者虚无——托马斯·萨拉蒙诗选》（诗歌）
  【斯洛文尼亚】托马斯·萨拉蒙 著　高兴 译

## 第四辑

- **《耻辱龛》**（小说）
  【阿尔巴尼亚】伊斯梅尔·卡达莱 著　吴天楚 译

- **《三孔桥》**（小说）
  【阿尔巴尼亚】伊斯梅尔·卡达莱 著　施雪莹 译

- **《接班人》**（小说）
  【阿尔巴尼亚】伊斯梅尔·卡达莱 著　李玉民 译

- **《绝对恐惧：致杜卞卡》**（小说）
  【捷克】博胡米尔·赫拉巴尔 著　李晖 译

- **《严密监视的列车》**（小说）
  【捷克】博胡米尔·赫拉巴尔 著　徐伟珠 译

- **《雪绒花的庆典》**（小说）
  【捷克】博胡米尔·赫拉巴尔 著　徐伟珠 译

- **《温柔的野蛮人》**（小说）
  【捷克】博胡米尔·赫拉巴尔 著　彭小航 译

- **《无常的夏天》**（小说）
  【捷克】弗拉迪斯拉夫·万楚拉 著　张陟 译

- **《赫贝特诗集（上、下）》**（诗歌）
  【波兰】兹比格涅夫·赫贝特 著　赵刚 译

- **《垃圾日》**（小说）
  【匈牙利】马利亚什·贝拉 著　余泽民 译

## 第 五 辑

- 《壁画》（小说）
  【匈牙利】萨博·玛格达 著　舒荪乐 译

- 《鹿》（小说）
  【匈牙利】萨博·玛格达 著　余泽民 译

- 《两座城市：论流亡、历史和想象力》（散文）
  【波兰】亚当·扎加耶夫斯基 著　李以亮 译

- 《另一种美》（散文）
  【波兰】亚当·扎加耶夫斯基 著　李以亮 译

- 《思想的黄昏》（随笔）
  【罗马尼亚】埃米尔·齐奥朗 著　陆象淦 译

- 《着魔的指南》（随笔）
  【罗马尼亚】埃米尔·齐奥朗 著　陆象淦 译

- 《乌村幻影》（小说）
  【罗马尼亚】欧金·乌力卡罗 著　陆象淦 译

- 《裸浴场上的交响音乐会——罗马尼亚20世纪小说精选》（小说）
  【罗马尼亚】诺曼·马内阿等 著　高兴等 译

- 《颠倒的天堂——立陶宛新生代诗选》（诗歌）
  【立陶宛】阿纳斯·阿里舒斯卡斯等 著　远洋 译

- 《魔鬼作坊》（小说）
  【捷克】雅奇姆·托博尔 著　李晖 译

第 六 辑

- 《简短，但完整的故事》（小说）
  【波兰】斯瓦沃米尔·姆罗热克 著　茅银辉、方晨 译

- 《三个较长的故事》（小说）
  【波兰】斯瓦沃米尔·姆罗热克 著　茅银辉、林歆、张慧玲 译

- 《挑衅以及其他故事》（小说）
  【阿尔巴尼亚】伊斯梅尔·卡达莱 著　蔡雯琴 译　宋学智 审校

- 《洋偶》（小说）
  【阿尔巴尼亚】伊斯梅尔·卡达莱 著　蔡雯琴 译　宋学智 审校

- 《天堂超市》（小说）
  【匈牙利】马利亚什·贝拉 著　余泽民 译

- 《墓地情事》（小说）
  【匈牙利】马利亚什·贝拉 著　余泽民 译

- 《蓝色阁楼里的物品》（小说）
  【罗马尼亚】阿德里亚娜·毕特尔 著　陆象淦 译

- 《两天的世界》（小说）
  【罗马尼亚】乔尔杰·博勒耶泽 著　董希骁、Mara Arion 译

- 《生活边缘的女孩》（小说）
  【罗马尼亚】米尔恰·格尔特雷斯库 著
  张志鹏、林慧芬、陈进、李昕、高兴 译

- 《希特勒金钱》（小说）
  【捷克】拉德卡·德内玛尔科娃 著　姜蔚茜 译

· 部分书名为暂定，以出版时为准·